D坂杀人事件

[日] 江户川乱步

"日本侦探推理小说之父"、本格派创始人江户川乱步代表作
经典侦探形象"明智小五郎"首次登场
以科学逻辑找出真凶
用严密推理揭露兽性的罪恶
华丽到疯狂的诡谲奇想
黑暗阴郁的"变态"美学

译者 杨晓钟 等
校译 常亚蕾 曹珀红

陕西新华出版传媒集团
陕西人民出版社

图书在版编目(CIP)数据

D坂杀人事件/(日)江户川乱步著;杨晓钟等译.
—西安:陕西人民出版社,2021.4
 ISBN 978-7-224-14023-1

Ⅰ.①D… Ⅱ.①江… ②杨… Ⅲ.①推理小说—小说集—日本—现代 Ⅳ.①I313.45

中国版本图书馆CIP数据核字(2021)第036752号

"日本经典之美"丛书编委会

译丛主编:杨晓钟

校　　译:常亚蕾　曹珺红

译　　者:杨晓钟　唐姗姗

　　　　　张　仪　杨春娥

　　　　　寇梦轲　王绍彤

　　　　　李明芳

责任编辑:张启阳　张可盈

D坂杀人事件

作　者　[日]江户川乱步
译　者　杨晓钟　等
校　译　常亚蕾　曹珺红
出版发行　陕西新华出版传媒集团　陕西人民出版社
　　　　　(西安市北大街147号　邮编:710003)
印　刷　西安市建明工贸有限责任公司
开　本　787毫米×1092毫米　1/32
印　张　6.625
字　数　110千字
版　次　2021年4月第1版　2024年9月第9次印刷
书　号　ISBN 978-7-224-14023-1
定　价　29.00元

关于江户川乱步

——写在《D坂杀人事件》之前

杨晓钟

江户川乱步是日本推理小说"本格派"的创始人,与松本清张、横沟正史并称"日本推理文坛三大高峰"。

江户川乱步于1894年生于日本三重县,原名平井太郎。其父曾经商,因此江户川乱步的幼年生活较为平静顺遂。由于他身体较弱,每逢病中,母亲都会为他讲述欧美侦探小说,由此,对侦探小说的喜好自童年时代就根植于江户川乱步的心中。

父亲的商社于江户川乱步17岁时破产倒闭,家庭生活陷入困顿,但父亲仍然举债支持江户川乱步读书。其后江户川乱步考入早稻田大学预科班,以半工半读的方式维持学业。他当过印刷厂学徒、兼职英语老师、图书馆管理员,这些兼职分散了他的精力,使他未能得到大学学位,但同时让他体会到了社会生活的丰富与无奈。

1923年，江户川乱步发表其成名作《二钱铜币》。发表时他用的笔名是江户川乱步，此词的日文读音即为"埃德加·爱伦坡"，江户川乱步以此向推理小说的鼻祖、美国著名侦探小说作家爱伦坡致敬。江户川乱步主张推理小说是一种从逻辑上解开谜团的理智文学，从《二钱铜币》开始，他就在创作中践行自己的主张。

《二钱铜币》发表后获得文坛瞩目，江户川乱步大受鼓舞，随后于1925年创作了一系列短篇推理小说，如《D坂杀人事件》《心理测试》《红色房间》等。在《D坂杀人事件》中，江户川乱步所创造的大侦探明智小五郎首次登场。此人不修边幅、思路独特，以惊人的推理能力破解了一系列疑案，因此一时成为日本国民崇拜的英雄。

江户川乱步的创作并非一帆风顺。在《二钱铜币》获得成功前，他备受冷遇、饱受挫折。甚至在成名后，他依然因为评论家的不良评论而不时辍笔。幸好其知交好友不断鼓励规劝，江户川乱步才能持续创作下去。自1926年起，江户川乱步开始创作长篇推理小说，随后创作的《黄金面具》《怪人二十面相》《少年侦探团》等都获得了大量好评，为其赢得了"日本侦探推理小说之父"之名。

1954年，江户川乱步年满60岁。他宣布投入自己多年的积蓄，设立江户川乱步奖，以鼓励后来者投身于推理小说创作。日本知名作家陈舜臣、西村京太郎、森村诚一等都因此奖步入文坛。作为日本推理小说的最高荣誉，江户川乱步奖为日本培养了大量推理小说作家。

江户川乱步的作品想象丰富、构思独特。他擅长以创造性的手法营造妖异、诡谲的气氛，在这种气氛中以严密的逻辑进行合理的推断；作品中的人物形象丰满，独具特色；在情节构造上，江户川乱步擅长设置圈套，即使在短篇小说中，他也会以一个圈套紧套另一个圈套，读者如同解谜一般，解开一个圈套，又是一个圈套，直至真相大白时才恍然大悟。因此他的作品得到知识分子和普通读者的共同欢迎。

1965年7月28日，江户川乱步去世，享年71岁。

本书选取了江户川乱步早期创作的六篇小说：《D坂杀人事件》《心理测试》《二钱铜币》《红色房间》《人椅》和《疑惑》。其中，《二钱铜币》是江户川乱步的文坛成名作；《D坂杀人事件》中，他塑造的最经典的侦探形象明智小五郎初登舞台。其余几篇都具有充分的江户川乱步作品的特点，读者读完，将会对江户川乱步作品的风格留下深刻的印象。

目录

D坂杀人事件	1
心理测试	41
二钱铜币	79
红色房间	111
人椅	143
疑惑	167

D坂杀人事件

（上）事件

那是九月上旬一个闷热的傍晚。我当时正在一家咖啡馆[①]咂摸着冰咖啡。这家咖啡馆位于D坂大街中段，名为"白梅轩"，我是这里的常客。那时，我刚毕业不久，也没有一份像样的工作，整日无所事事地待在租来的房间里看书，书看烦了就漫无目的地出去瞎逛，找家便宜的咖啡馆消磨时光。白梅轩离我的住处不远，不论转到哪里，此处都是必经之地，因此这里成了我经常光顾的地方。而且我这个人有个坏习惯——一进咖啡馆屁股就沉得起不来。

---

① 咖啡馆：原文为"カフェ"。此词是大正到昭和初期的流行语，指有女招待的西式酒馆。

又因我素来少食，加之囊中羞涩，所以从不点西餐，只会点上一杯便宜的咖啡，续两三杯便可打发一两小时。在咖啡馆待这么久，并非因为我对女招待[①]心怀爱慕，或是有调戏之意。怎么说呢，毕竟跟我那租屋相比，这里要上档次得多，而且待着又舒服。那天晚上，我照例点了一杯冰咖啡，然后坐在自己惯常坐的临街的座位上，一边慢条斯理地品着咖啡，一边望着窗外发呆。

白梅轩所处的D坂大街，曾因菊人形[②]颇负盛名。事发当时，D坂狭窄的小街道，刚刚因区划调整拓宽成好几间[③]宽的大马路，街道两侧十分空旷，比现如今萧瑟不少。越过白梅轩店前的宽敞大路，正对面是一间旧书铺子。说实话，我适才一直观望着那里。简陋寒碜的店脸儿，没什么值得一看的景致，却令我着迷，这是有原因的。近来，我在白梅轩结识了一个人，名叫明智小五郎。跟他交谈后发现他这个人委实有些奇怪，模样倒是一副聪明相。我对他的在意源于他对推理小说的喜爱。此前，正是从他口中得知原来那间旧书铺子的老板娘竟是他青梅竹马的玩伴。

---

① 女招待：旧时饮食店、娱乐场所等雇用来招待顾客的青年女性。
② 菊人形：手工将菊的花和叶缀在竹子编织的人形（人偶）骨架上做成的人偶。始于日本江户时代中期。
③ 间：长度单位，近世以来普遍采用。1891年（明治二十四年）根据度量衡法度将间作为尺贯制的长度单位，把一间定为6尺（约1.818m）。1958年（昭和三十三年）以后废止，不再作为法定单位。

就我在那儿仅有的买过两三次书的记忆来说，那家店的老板娘可真是一个不可多得的美人。倒不是说她哪处长得多么多么好，总之她身上散发着一种让男性莫名为之倾倒的魅力。她每天晚上都守在店里照看生意，想必今晚一定也在。然而只有两间半大小的旧书铺里，却不见她的踪影。于是，我目不转睛地瞧着，等着她从哪个地方出来。

奇怪的是老板娘却一直未曾露面。正当我感觉有些乏味，欲将视线移向旁边的钟表店时，却瞥见旧书铺子那处隔挡着店面与里间的拉门①上装的格子窗突然唰的一下关上了——这是一种被行家们称为"无窗"的拉门，一般本应用纸糊住的中间部分被纵向的格子条取代，这样便可自由开关——嗯，这可就奇怪了。按理说旧书铺这行尤遭贼惦记，即便店面里无人照应生意，也应当有人待在里间透过拉门的空隙往外盯着。可现在这个空隙却被关上了，委实诡异。倘若天冷也倒罢了，可此时正值九月，傍晚天气又这么闷热潮湿。要我说的话，就拉门被紧紧关上这一点来看，这事儿就有些古怪。多番思索下，我觉得旧书铺子里间势必有情况，便再也没挪开过视线。

说到这位旧书铺子的老板娘，我记得有一次听咖啡馆

---

① 拉门：日式房屋的设备之一，在拼成格子的木框单侧糊上白纸的窗户安在木框上，用于居室采光或间隔房间等。

里的女招待们聊起过她的一些奇怪传闻。当时她们好像在数落澡堂子里碰到的老板娘以及姑娘们的不是，接下来就有人说："那家旧书铺的老板娘，别看长得那么漂亮，脱掉衣服，浑身都是伤。一看就是被打的，还有被掐出来的印子。也没听说他们夫妻关系不和啊，真是奇怪呢。"说到这里，另外一个女招待接过了话茬："还有跟他们同一排的那家卖荞麦面的'旭屋'的老板娘，身上不也经常带着伤吗？也像是被打出来的。"……那时候听到这些传闻我并没有多想，只是觉得她们的丈夫真是毫无怜悯之心。诸位，其实事情根本没有那么简单。后来我才知道，这件貌似很小的事，其实跟后面发生的整个故事都有很大的关系。

这件事暂且放下，我一直盯着那家旧书铺子，看了足有半个钟头。莫名的第六感告诉我，若是稍将视线转向别处，肯定会错过什么。因此，我一直目不转睛地盯着对面。就在这个当口，适才我提及的明智小五郎，身着素日里常穿的那件粗条纹浴衣，边走边摇晃着肩膀，正好从我面前的窗外经过。他注意到我后，跟我点头打招呼，走了进来。先是点了一杯冰咖啡，然后如我一般面朝窗户坐下，就坐在我身侧。他发现我一直盯着某处，便循着我的视线看过去，也眺望着对面的旧书铺子。不可思议的是，他似乎也对那里兴趣不浅,一直直勾勾地看着。

我与他好像商量好一般看着同一处,聊着无关紧要的闲话。那一刻,我们究竟聊的是什么内容呢?我都有点记不清了。那些闲话其实与接下来的故事没什么联系,就不赘述了。但肯定是和犯罪、推理有关的话题,非得说一个的话,大概如下:

"世界上真的不存在完全不会暴露的犯罪吗?"小五郎说道,"我觉得存在的可能性其实很大。比如说,谷崎润一郎的那本《途上》①,像那样的犯罪怎么可能被发现?虽说小说结尾写的是侦探发现了事情的真相,但实际上那不过是出自作者了不起的想象力罢了。"

听完他的话,我忍不住反驳道:"我可不这么想。暂且不论实际如何,单从理论上来讲,没有什么案子是侦探侦破不了的。只不过,像《途上》那本书里描写的那种出色的侦探,在现实中很少见到罢了。"

闲话大致如此。但是,很快我和他又默契地同时住了声。就在那间我们一开始就边闲聊边盯着的旧书铺子里,突然发生了一件有趣的事。

---

① 《途上》:谷崎润一郎于1920年(大正九年)发表的对话体短篇小说。小说中,侦探安藤通过与汤河对话,以探寻年汤河是否故意让前妻前往疾病高发的危险区导致前妻染病而亡。

"看样子你也注意到了？"我小声说。

小五郎立刻回答："你是说偷书贼吧？的确可疑。我可是从坐在这里起就一直盯着对面，这是第四个了吧？"

"你来了不过半个钟头，偷书贼竟多达四人，这有点不正常。其实在你来之前我就一直注意着对面呢。约莫一个钟头前吧。看到那扇拉门了吗？那上面的'无窗'被关上了。从那之后我就一直留心观察着那里。"

"是不是家里人都出门了？"

"不过，那个拉门可一次都没有打开过。难道是从后门出去了？……店面半个钟头无人看守实在是太可疑了。怎么样，不如我们一起去瞧瞧情况。"

"你说得有道理。即便家里没什么状况，也保不定外面发生了什么事呢。"

我私心想着要是真碰上犯罪事件就太有意思了。我就怀着这样的想法走出了咖啡馆。小五郎应该也有同感吧，因为他看起来也有些兴奋。

店里与普通的旧书铺子一般无二，三合土地面①，没有铺设地板，店铺的正面和两侧都放着快要到屋顶的大书架，书架半腰处是摆放书籍的台子。店铺里还有一个长方

---

① 三合土地面：原文即为"土間（doma）"。日本传统建筑中未铺设木板的泥土地面。

形的台案，像岛屿似的安置在房屋中央，也是用来摆放书籍的。正对面书架的右侧空出了一点位置，大约三尺大小，是通往里间的过道。适才说的那个拉门就立在此处。拉门前有一个大约半帖①的榻榻米，平常老板或老板娘就是坐在这里照看店面生意的。

小五郎和我一起走到榻榻米前，大声询问是否有人，但没有人回应。似乎真的没人。我稍微拉开拉门向里看去。房间里没有开灯，黑漆漆的，一个人似的东西倒在房间的角落。我心里起了疑惑，又喊了一声，依然无人应答。

"算了，我们进去看看什么情况吧。"

于是，小五郎和我毫无顾忌地踏入了里间。就在小五郎打开灯的一瞬间，我们同时啊地叫了一声：屋内的角落竟然有一具女人的尸体。

"是这儿的老板娘吧？"短暂的失语后我终于清醒了，"看起来像是被人勒住脖子窒息而亡的。"

小五郎走到尸体边查看："已经没有抢救的可能了，得赶紧报警才行。这样，我去找自动电话②报警，你就守着案发现场。还是不要让附近的人知道为好，若是破案线索

---

① 帖：计数榻榻米的量词。
② 自动电话：日本昭和初年公用电话的名称。

被破坏就糟了。"

他吩咐了这些话后,就朝着半町①外的自动电话亭飞奔而去。

平日里我虽然张口闭口犯罪、侦探云云,但都是纸上谈兵。今日这还是头一遭见真章。我有些手足无措,只能目不转睛地望着屋内。

这是一个六帖大小的房屋。里间右侧的房间外是一条约一间宽的狭窄檐廊,檐廊外是一个大约两坪②的院子和厕所。院子朝外的墙是用木条钉成的栅栏墙。因为正是夏天,所有的栅栏都打开着,所以从外面一眼就能看到屋里。拉开推拉门,靠左的半间房是两帖大小、连通着后门的厨房。后门上及腰高的拉门则是关着的。这间房子右侧的四扇槅门紧紧地关着,里面好像是通往楼上的梯子以及储藏室。整座屋子就是一个常见的简易型长屋。

老板娘就倒在左边墙壁附近,头朝着店铺。为了尽量不破坏凶案现场,再加之心里觉得恐惧,我极力避免靠近她。但是,由于房间实在逼仄,即便不去正视,视线也会不由自主地落到尸体上。老板娘穿着粗糙的中型花纹浴

---

① 町:距离单位,1891年(明治二十四年)规定1.2km为11町,1町约为109.09m。

② 坪:土地或建筑物的面积单位。1坪约3.306m²。

衣，几乎仰面躺在那里。不过，虽然她身上的和服被卷到了膝盖上面，腿也露了出来，但并没有什么反抗的痕迹。脖子处虽看不大清楚，但貌似有被勒过的痕迹，泛着青紫色。

此时，外面大街上的行人依旧络绎不绝。隐约可闻人们交谈的声音、喀啦喀啦拖着木屐扬长而去的声音，还有人醉醺醺地哼唱流行歌曲的声音，俨然一片太平盛世的景象。然而，一墙之隔的地方却有一个女人惨遭杀害，这是多么讽刺啊。不知为何我莫名有种伤感，就那么呆呆地站着。

"警察马上便到。"小五郎上气不接下气地赶回来，说道。

"啊，是吗？"

不知怎的我连说话都有些费劲。随后，我们两人一言不发，面面相觑地等着警察到来。

片刻工夫，一名身穿制服的警察同一名西服男来到凶案现场。我后来才得知，这位西服男是K警察署的司法主任。而那位身穿制服的警察，从他的打扮及所持物品，便可判断他是K警察署的法医。

我和小五郎向司法主任大致陈述了发现尸体的经过。接着，我补充道："这位明智君刚进咖啡馆时，我凑巧看了下时间，当时是八点半左右。所以，据我推测，'无窗'可能是在八点左右被关上的。我记得那时房间内的电灯还亮着。显然，至少在八点左右，房间里还是有人在的，我是说活着的人。"

司法主任听取了我们的陈述，并将其记录在记事本上。这期间，法医已经对尸体进行了初步检查。等我们陈述完后，他说："死者是被人用手掐死的。请看这里，死者脖子处的紫色部分是指痕。而且，这里的出血点是被指甲抓伤所致。从死者脖子右侧的拇指痕迹可以推测，凶手是右手行凶。从尸体状态来看，死亡时间恐怕不超过一个钟头，不过已经没有生还的可能了。"

"凶手应该是从正上方压制住死者的吧？"司法主任慎重地说，"但是，如此的话，又为何没有一点反抗的痕迹……估计凶手的动作非常快，而且力气极大。"

接下来，他看向我们，询问这间房子的男主人去了哪里。但是，对此我们一无所知。小五郎灵机一动，把邻家的钟表店老板叫了过来。

司法主任和钟表店老板之间的问答大致如下：

"你知道这里的店主去哪里了吗？"

"他每天晚上都要去摆摊儿卖旧书，平时不到十二点是不会回来的。"

"他去哪个地方摆摊儿了？"

"好像经常去上野的广小路那边，但今晚去什么地方了，我也不清楚。"

"一个小时前你没听到什么响动吗？"

"你说的响动是指……"

"这不是显而易见吗？当然是问你有没有听到女人被害时呼喊、搏斗的声音。"

"我没有听到什么特别的声音。"

就在这段时间里，附近的住户和爱凑热闹的行人都闻讯聚集过来，旧书铺子门前被挤得水泄不通。人群里还有隔壁足袋①店的老板娘，她印证了钟表店老板的说法。她也没有听到任何不寻常的响动。邻居们商议后决定派人前去寻找旧书铺子老板。

这时，外面传来汽车刹车声，紧接着一帮人一下子涌了进来。他们是接到警察急报赶来的法院相关人员，以及同时间抵达的K警察署长，还有当时名震一方的名侦探小林刑警等一行人——当然这也是后来才知道的。因为我的朋友中有一位司法记者，他和负责这个案子的小林刑警有私交，所以后来我从他那里打听到了许多与此有关的调查情

---

① 足袋：分趾的袜子和鞋。

况——先到的司法主任向他们说明了目前为止的情况。我和小五郎也不得不再次重复了一遍刚才的陈述。

"把店门关了吧！"突然，一个穿着黑色羊驼外衣和白裤，看上去像是基层公务员的男人大声说着，并立即关上了门。他就是小林刑警。屏蔽了看热闹的人后，他便开始着手侦探。他的一言一行都显得旁若无人，丝毫没把检察官和署长等人放在眼里。从头到尾他都是自己在行动，其他人似乎只是参观他敏捷行动的看热闹的人。他首先检查了尸体，对死者的脖子周围检查得尤为细致。

"这个拇指的痕迹没有什么特征。除了能看出是用右手行凶的以外，查不到任何线索。"他看着检察官说。

接着，他说需要脱去死者的衣服进行检查。于是，就像是议会里要召开秘密会议一样，作为旁听者的我们，只能被赶到前边的店面。我们不知道这期间有什么发现，但可以肯定的是，他们一定注意到死者身上有很多新伤，就是店里的女招待们曾经说到的那种。

不久，这个秘密会议便结束了，但我们仍然被禁止进入里间，只能待在店面和里间之间的榻榻米处，透过缝隙不时向内窥看。所幸我们是案件的发现人，而且因为警方还需要在之后采集小五郎的指纹，所以我们才没有被赶走，一直待到了最后，或许应该说是被扣留了才对。小林刑警的活动并不局限于里间，室内室外他都勘察了个遍。所以，被限制在一隅的我们难以探知他的搜查进度。不过，幸亏检察官一直待在里间，每当小林刑警向检察官报告搜查结果时，我们正好可以一字不漏地听见。检察官让书记员根据小林刑警的报告整理出案情调查纪要。

首先，小林刑警对死者遗体所在的里间进行搜查，但并没有发现任何遗留物、脚印等值得注意的线索。除了一样东西。

"电灯开关上有指纹。"小林刑警一边往黑色硬橡胶开关上撒着白粉一边说，"考虑到前后的情况，关掉电灯的肯定是凶手。你们谁开了灯？"

小五郎回答是自己。"是吗？那等会儿请让我采集一下你的指纹。不要碰这个电灯，就这样取下来拿走吧。"

之后，小林刑警又上二楼检查了一番，忙活了好一阵子才下来，然后直接跑到外面说是去检查一下后面的小巷子。大概用了十分钟吧，他单手提着电灯回来，还带着一个上身穿着污秽的夹克衫、下身穿卡其色裤子，四十来岁的邋遢男人。

"根本没有找到任何有效的脚印。"小林刑警报告说。"巷子那边由于日照不好的缘故，整条道路泥泞不堪，满地的木屐印，实在难以分辨。倒是这个人，"他指着刚才带来的男子说道，"他在巷子的拐角处卖冰激凌，假如凶手行凶后是从后门逃走的话，那条巷子只有一个出口，定然会被他看到。你，再回答一遍我刚才的提问。"

如下是冰激凌小贩和小林刑警的问答：

"今晚八点左右，你有没有看见有人出入过这条巷子？"

"没看到有什么人。这条巷子天黑了之后，别说是人了，连猫都不会有一只。"冰激凌店小贩颇得要领地回答，"我在这里出摊儿也有年头儿了，到了晚上，这条巷子连这边长屋的老板娘们都很少经过，不但路面坑洼难以下脚，还漆黑一片。"

"光顾你摊位的客人没有进过这条巷子吗？"

"没有。大家在我面前吃完冰激凌后都原路返回了。这点我敢打包票。"

倘若冰激凌小贩所言非虚，假定凶手从后门逃窜，他也没有从巷子的唯一出口离开。而且，当时我和小五郎在对面白梅轩也未曾见过凶手从正门逃跑。那他究竟是如何离开作案现场的呢？根据小林刑警的判断，像这种情况，要么凶手就偷偷藏在围绕着这条小巷子前后两排的某一间长屋里，要么他本身就是租住在这里的住户。当然凶手也有可能是从二楼沿着屋顶逃跑的。但是据警方在二楼的检查，房屋正面的窗户上安装着格子窗，没有动过的痕迹。后面的窗户,在如此闷热的天气下，几乎每家都敞开着，甚至还有人在晾衣物的露台上乘凉。所以，从二楼逃跑这一点站不住脚。

接下来，搜查人员就下一步的调查方向展开了讨论，最后决定分头挨家挨户地进行地毯式搜查。话虽如此，长屋左右的住户合起来也不过十一户，搜查难度不大。与此同时，搜查人员对旧书铺子再次进行全面检查，上至天花板，下至墙角根，丝毫不落。然而，非但没有什么进展，情况反而更加扑朔迷离。之所以这么说，是因为与旧书铺子隔了一家店的点心铺子的老板，自日暮时分便一直坐在屋顶的露台处吹奏尺八[①]。从开始到结束，他所坐的位子都能看到旧书铺子二楼的窗户，没有什么风吹草动能逃过他的眼睛。

各位读者，不觉得案件的走向变得愈发有趣起来了吗？凶手从何处进入，又从何处逃脱？既不是从后门，亦不是从二楼窗户，当然也不可能是前门。难道说凶手从最初就不存在？或者说凶手如同一缕烟般地消失了？让人匪夷所思的不止这些。小林刑警把两个学生带到检察官面

---

① 尺八：中国传统乐器，唐宋时期传入日本。

前，而他们的话更是奇妙。两人租住在后侧长屋，是工业学校[1]的学生，看起来不似信口胡诌的人。但他们的陈述却令案件变得更加疑云重重。

对于检察官的提问，他们的回答大致如下：

"八点左右，我正好在这家旧书铺子里翻看台子上的杂志。突然间，听到店铺里间不知怎么有了声响，条件反射地抬头朝拉门处一看。拉门虽然关着，但是无窗的格子敞着。透过缝隙，我看到一个站立着的男人。但是，就在我抬头的瞬间，那个男人同时关上了无窗。尽管没太看清，不过从腰带的样式看，我敢断定对方是个男人。"

"那么，除性别以外，你还注意到什么特别的地方吗？比如他的身高、和服的纹路等等。"

"那个位置只能看到腰部以下，所以我不太清楚对方的身高。不过和服是黑色的，也许有什么细条纹或碎花图案，但我当时看到的是黑底无花纹的和服。"

"我当时和他一样也在看书。"另一名学生说，"然后，同样也注意到声响，看见无窗格子被关上。但是，那个男人的衣服颜色绝对是白色的。没有条纹也没有花纹，纯白色的和服。"

---

[1] 工业学校：日本旧制下的职业学校之一，以实施工业教育为目的。

"怎么可能呢？你们当中肯定有一个人搞错了。"

"绝对没有错。"

"我从不撒谎。"

这两名学生做出相反的陈述，到底是什么原因呢？相信敏感的读者们已然注意到了。其实，我也察觉到了这一点，但法院和警方似乎并未对此深挖。

没过多久，死者的丈夫，也就是旧书铺子的老板，终于接到通知赶回了家中。他身体瘦弱，年纪也比较小，看上去不太像是一个卖旧书的。看到自己老婆的尸体，可能是因为生性有些懦弱吧，也没敢大声哭喊，只是默默地掉着眼泪。小林刑警等他冷静下来便开始发问，检察官也随后盘问了他。然而，令他们失望的是，老板对于凶手是谁完全没有头绪。他只是哭着说："我们从未引起过任何人的怨恨。"然后，他又四处检查了一遍，经他一一确认，家中也并未遭窃。随后，警方对老板的经历、妻子的身世等进行了一系列盘问，也没有发现什么可疑的地方。大部分对话和案件没有太大的关系，所以此处略去不谈。最后，小林刑警询问死者身上为何有那么多伤痕。老板一番犹豫后，最终承认是自己所为。然而，当警方进一步询问原因时，他却始终不肯给出明确的答案。旧书铺子的老板那晚一直在外摆夜摊，有充分的不在场证明。所以即使死者身上的伤痕是他施虐造成，也与老板娘的死无关。想必警方也是如此推断的吧，所以在伤痕一事上并未深究。

就这样，那天晚上的调查暂且告一段落。警方留下我们的地址姓名，又采集了小五郎的指纹。等到我们离开的时候，已经过了凌晨一点。

倘若警察的搜查没有遗漏，证人也没有说谎的话，那么这真的是一桩不可思议的案件。而且，后来我了解到，从案发后第二天开始，案情没有任何进展。所有提供证词的人都值得信任，十一家长屋的住户没有可疑之处，对被害者家乡的调查也未发现可疑之处。至少小林刑警，这个被称为名侦探的人，在倾尽全力搜查之后得出的结论，也只能是——这是一个无法破解的案件。后来我还听说，被小林刑警作为唯一证物嘱咐带走的开关，也令人失望，上面除了小五郎的指纹外，什么都没找到。尽管那个开关上留下了很多指纹，但都是小五郎一个人的，或许当时小五郎太慌张了。小林刑警判断，凶手的指纹或许被小五郎的手抹掉了。

各位读者，看到这里，你是否联想到了爱伦·坡的《莫格街凶杀案》或柯南·道尔的《斑点带子》呢？换言之，难道这起凶杀案的凶手不是人类，而是类似于猩猩或印度毒蛇之类的动物吗？其实这个我也考虑过。但是，显然东京D坂一带不可能有此类物种，再说，也有证人提到从无窗的缝隙里看到了男性的身影。而且，如果是猿类的话，不可能不留下足迹，而且也肯定会被人看见。另外，死者脖子上的指痕也足以证明是人为，如果是蛇缠住她的话，不可能留下拇指的印记。

不管怎么说，小五郎和我在那天的归途中，非常兴奋地聊了很多。举其中一段对话如下：

"你知道那个巴黎的Rose Delacout事件①吧，就是爱伦·坡《莫格街凶杀案》、卡斯顿·勒鲁《黄色房间的秘密》小说中的原始素材。即使一百多年后的今天，那起杀人案仍然有很多未解开的谜团。今晚的案件令我想起了那件事，凶手同样没有留下任何痕迹，从这一点来看，两者很相似吧？"

"是啊。真是不可思议啊。经常听人说什么，按照日本的建筑模式，是不会发生像国外侦探小说里写到的那种严重的罪行的，我从来不这么认为。你看，今天不就发生了吗？虽然不知道自己能不能做到，但我想把这个案件调

---

① Rose Delacout事件：19世纪初，法国巴黎发生了一起凶杀案件。一位名为Rose Delacout的年轻女性被人用小刀杀死在自家床上。她居住的房子位于公寓顶层。凶案现场的门从内部锁住，并挂有链锁，房间里仅有的一扇窗户也在内部上了锁。整间屋子只有一个非常狭窄的烟囱未封闭。但这个出入口不管多么瘦小的人都无法通过。这起谋杀案始终未破获。

查清楚。"

就这样，我和小五郎在一个小胡同那里告了别。小五郎转进巷子后，花哨的条纹浴衣在黑暗中异常清晰，那大摇大摆走路离开的身影在我的脑海中久久挥之不去。

（下）推理

凶杀案发生大约十天后的某日，我造访了明智小五郎的住所。在这十天时间里，关于这件事，小五郎和我做了哪些调查，进行了哪些推理，又有何结论，通过接下来他和我之间的谈话，诸位便可一目了然。

在此之前，我和小五郎只在咖啡馆里碰过面，直接造访他的住所还是头一回。但由于事先已经打听过了地址，所以找起来不算费劲。我站在一家符合他描述的烟草店门口，询问老板娘小五郎是否在家。

"嗯，在的。请稍等一下，我这就去帮你叫他。"她一边说着，一边走到从外面就能看到的那个楼梯口，对着上面喊了几声。小五郎就租住在这栋房子的二楼。

接着就听见一个奇怪的应答声："哦。"然后小五郎就吱呀吱呀地从楼梯上走了下来。当他看清是我后，满脸惊讶地说："啊，快上来吧。"然而，当我毫无准备地踏入他的房间时，却被里面的情景吓了一大跳。房间的布置太异样了。我虽早知小五郎此人有些奇怪，但是他的怪异简直超乎想象。

倒也不是别的什么，就是整个一间四帖半大小的房间被书塞得满满的，只在中间留有些许余地，能隐约看见下面铺着的榻榻米，其余的地方都被堆成了书山。沿着四周的墙壁和纸门，越往上空间越窄，直至天花板附近，这个用书砌出来的堤坝，从四面八方压迫过来。除此以外，房间里没有任何生活用具，让人不禁怀疑他是如何在这间房子里睡觉休息的。不说别的，连主人和客人坐的地方都没有，若是不小心碰一下书山，恐怕就会被淹没在书本的海洋中。

"家里有点挤，也没有什么坐垫。抱歉，你随便找个软一点的书坐下吧。"

我绕过书堆走了进去，终于找到一个可以坐的地方。但实在是太震惊了，所以半天没缓过神来，只是茫然地打量着四周。

在此我有必要先向各位说明一下，这间怪异房间的主人明智小五郎是怎样的一个人。我跟他结识不过几日，所以对他的身世、谋生手段、人生观等等一切都不甚了解。可以肯定的是他是一个没有固定职业的游民，勉强可以算是一个读书人。但是,作为一个读书人,又实在有些怪异。我曾听他讲过"我是在研究人哦"。但当时我并不知道他是什么意思,只知道他对犯罪以及侦探有着非同寻常的兴趣,还有他有非常可怕的知识储备量。

小五郎与我年龄相仿,最多不超过二十五岁。他体型偏瘦,正如我之前所提到的,走路时会不自然地晃动肩膀,但并不是那种"好汉"式的走法。拿一个奇男子来举例吧,就是那个一只手残疾了的说书人神田伯龙。小五郎走路的方式就会让人想到他。说到伯龙,小五郎从容貌到声音都跟伯龙非常相似。诸位如果没有见过伯龙的话,那就想想你们周围有没有那种虽然说不上是什么美男子,但总感觉哪里招人喜欢,尤其是还好像一副天才模样的人——不过小五郎的头发偏长,乱蓬蓬地缠在一起。而且,他还有一个坏习惯,就是在跟人说话的时候,经常会用手指去缠绕那些卷发,好像是要把它们弄得更乱。他对于穿着之类的似乎并不太讲究,总是穿着一件棉制和服,然后围上一圈皱皱巴巴的兵儿带①。

"你竟然直接来找我了。自那以后,我们有段时间没见了,D坂大街的那个案子现在怎么样了?警察那边关于犯

---

① 兵儿带:日本男性、小孩系的用整幅布捋成的腰带。

罪嫌疑人是谁好像还是一点儿头绪都没有呀。"明智依旧一边抓着自己的头发绕来绕去，一边盯着我问道。

"其实，我今天来就是为了跟你说说这件事。"接着我犹豫起来，该怎么跟他开口呢？"那个案件发生后，我想了很久。不只是想，我还像个侦探一样跑到现场进行了实地调查。然后，我得出了个结论。我就是想把这个结论告诉你才跑来找你的……"

"哦吼。那可真厉害了。愿闻其详。"

我没有错过他眼中浮现的既轻蔑又笃定的眼神，好像在说，你能知道些什么？这个眼神让我原本还有点犹豫的心一下子变得坚定起来。于是，我鼓起勇气开始了自己的推理。

"我有一个朋友是新闻记者，他跟负责那个案件的小林刑警有些交情，我就是通过他才比较详细地了解到警察调查的一些情形。据说他们好像还没有明确的调查方向呢。当然他们也一直在忙，但就是找不到什么头绪。对了，那个电灯的开关也没什么用，那上面只找到了你的指纹，犯罪嫌疑人留下的指纹可能是被你的指纹给覆盖了。就这样，警察陷入了困境，听了这些我倒是更想亲自查一查这个案子了。所以，你觉得我得到的是一个什么样的结论？而且，你知道为什么我要在告诉警察之前，先过来讲给你听吗？

"这个就先不说了。我从事发之日起就注意到了一件事。你应该还记得吧？两个学生对被认为是犯罪嫌疑人的那名男子身上和服的颜色，给出了两种完全不同的说法。一个说黑色，一个说白色。人的眼睛再不可靠，也不可能把完全相反的黑色和白色弄错，那不是太奇怪了吗？虽然不知道警察是怎么解释这件事的，我倒是认为其实两个人的证词都没有错。你明白了吗？因为犯罪嫌疑人刚好穿了一件黑白交织图案的和服。……或者说他穿了一件黑色粗条纹的浴衣。就是宾馆里经常租借给客人用的那种浴衣。……那么，为什么一个人看到的是白色的，另一个人看到的却是黑色的呢？这其实是因为他们当时是通过拉门上的格子窗看过去的。在那一瞬间，其中一个人从自己站的地方看过去，格子与格子之间的缝隙跟和服上白色的部分重合。而从另一个人的角度看过去，跟缝隙重合的则是黑色的部分。也许这是一个难得一见的巧合，但这种巧合并不是不可能。这种情形也只能这样想了。

"虽然锁定了凶手的穿着，但这只是缩小了搜查范围，还无法确定谁是凶手。第二个证据就是电灯开关的指纹。我刚才谈及在报社朋友的帮助下，请小林刑警把指纹——就是你的指纹——仔细检查了一下。而鉴定的结果也佐证了我的推理。对了，你有砚台吗，可否借我一用？"

于是，我当着他的面做了一个实验。首先要借用一下砚台。我给右手大拇指涂了一层淡墨，然后从怀里掏出一张纸，在上面按了一个指纹。接下来，等那个指纹干了以后，又在同一根手指上涂了墨汁，再一次仔细地将它按在刚才那个指纹上方。不过这次稍稍改变了一下手指头的方向。没想到，纸上竟然清晰地留下了一个互相交错着的双重指纹。

"警方解释说因为你的指纹盖在了凶手的指纹上，把它给抹掉了。但看了刚才这个实验我们就知道那是不可能的。不管你怎么用力按，只要指纹还是由线条构成，那么线和线之间就一定会留下一些痕迹。如果前后两个指纹完全相同，并且按压的方式和指纹大小完全一样的话，那么有可能指纹的每个线条都会一致，或者后面按下的指纹会遮住前面的那个指纹。但是那种事情从一开始就是不可能的。即便真是那样，也不会影响到我的结论。

"但是，如果假设关灯的人是凶手，那么开关上必定留有凶手的指纹。我担心警察会错过残留在你指纹线条间的之前的指纹，就自己亲自检查了一遍，但什么痕迹都没有发现。也就是说，那个开关上，从开始到最后，就只有你一个人的指纹——也不知道为什么，上面连旧书铺子里的人的指纹都没有。可能那间房间里的灯一直亮着，从来没有关过吧。

"你知道以上这些事情说明了什么吗？我是这样想的：一个身着粗条纹和服的男人——那个男人大概是死去女人青梅竹马的男友，可能俩人分手了吧——他知道旧书铺子老板会出夜摊，便趁男主人不在家的时候袭击了那个女人。因为被袭击的女人没有一点出声抵抗的痕迹，所以这个女人一定认识那个男人。达到目的的男人为了不让尸体被发现，关掉电灯准备离开。可是，这个男人一时不察，没有关上无窗的格子，当他惊慌地关上时，偶然被店门口的两个学生看到了。之后，男子逃脱，突然想起自己关掉电灯时，开关上肯定留下了指纹。他想要擦掉指纹，但是再次用同样的方法潜入屋里非常危险。于是，他想出了一个好主意。那就是将自己伪装成凶案的发现者，这样一来，不仅可以毫无障碍地亲手打开电灯，消除警方对之前指纹的怀疑，而且谁都不会想到凶案的发现者就是凶手，真是一箭双雕的妙计。就这样，他若无其事地看着警察搜查，甚至大胆地做证。而且，结果正如他所料。因为不管过五天还是十天，都不会有人来抓他。"

听完我的陈述，明智小五郎会是什么表情呢？按照我的预想，他大概会在谈话中途做出什么奇怪的表情或插上几句话。但令我诧异的是，他的脸上没有任何表情。虽然平时他便是个表情不外露的人，但此时的他也太平静了，自始至终只是捻着自己乱蓬蓬的头发，安静地听着。我心想他到底有多厚颜无耻，然后就说到了最后一点。

"你肯定会反问犯罪嫌疑人是从哪里进来的，又是从哪里逃出去的。的确，如果不能明确这一点，即便其他所有事都弄清楚了也无济于事。但是，很遗憾，这个谜团我也破解了。根据那晚的搜查结果，看似完全没有犯罪嫌疑人出去的痕迹。但是，既然发生了命案，那凶手就不可能没有来过。所以只能是刑警的搜查在什么地方出现了漏洞。警察看起来也煞费苦心，但不幸的是，他们连我一介书生都不如。

"什么呀，这件事其实没什么大不了。我这么想着。既然警察调查得这么仔细，那首先周围的邻居们应该是没什么嫌疑了。这样的话，犯罪嫌疑人肯定是利用了一个即使被人看到也不会暴露自己的方法来到这里然后又走掉的。而且，就算是有人看到他，也根本不当回事。也就是说，他利用了人们注意力的盲点——就像我们的眼睛有盲点一样，注意力也会有盲点。所以，犯罪嫌疑人就是利用这个将自己隐藏起来。这就跟魔术师在观众眼前把大件东西隐藏起来一样。这样一来,我就注意到那个跟旧书铺子隔了一间店面的叫作旭屋的荞麦面店。"

旧书铺子右边并排着的是钟表店和点心铺,左边则是足袋店与荞麦面店。"我去了那家店询问了案发当天晚上八点左右有没有一个男人去那里借用过厕所。你也知道那家荞麦面店,店里没有铺设木地板,从店面往里都是三合土地,可以一直走到后门,而厕所就在后门旁边。所以如果有人借口说用一下厕所,从后门出去然后又从后门回到店里,那实在是一件再容易不过的事。那个卖冰激凌的小贩在巷子拐角处摆摊儿,所以根本看不见这边。况且,在荞麦面店,借用个厕所不是很常见嘛。我听说,那天晚上老板娘正好不在,只有老板一个人在店里。这简直就是量身定做的好机会。怎么样,我的想法是不是很精彩?

"果不其然,正好那个时候有人借厕所。只是,遗憾的是旭屋的老板一点都不记得那个男人的模样以及穿着——我立刻通过朋友把这件事告诉了小林刑警。小林刑警也亲自到面店调查过,可惜并没找到其他的线索。"

我在这里停顿了一下,留出时间等着小五郎反驳。站在他的立场,这个时候应该说点什么。但是,他依然用手捻着自己的头发,一副若无其事的样子。我只好改变了策略,把原本出于敬意的间接提醒改成了直接质问。

"我说，明智君，你懂我的意思吧。所有的证据都指向你，铁证如山。坦白讲，我心里一点也不想怀疑你，但是证据确凿，我没有其他选择。我本来还想着在那边的长屋里会不会有其他人也穿着那种粗条纹浴衣，但是费了很大劲找了又找，最终也没有找到那么一个人。想想也是，一样都是粗条纹浴衣，但要跟那个格子的缝隙正好一致，那得是多么夸张的图案，能有几个人会把它穿在身上呢。还有，指纹的计谋、借用厕所的计谋，这些手段都太过于巧妙，不是一个像你这样的犯罪专家的话，普通人根本无法想出如此高明的计策吧。当然，最怪异的一点是，你明明跟死去的老板娘青梅竹马，但那天晚上，在调查老板娘身世的时候，你只在旁边听着，竟然什么都没有交代。

"那么，你现在唯一的证据就是不在场证明了吧？但是，这点也无法证明你的清白了。你还记得吗？那天晚上在回家的路上，我问过你来白梅轩之前身在何处。你回答说是在那附近散步了大约一个钟头。即使有人看到你散步的样子，散步途中借用荞麦面店的厕所也是常有的事。明智君，我有说错吗？怎么样？如果可以的话，让我听听你的辩解吧。"

诸位读者，你们猜当我如此逼问他的时候，奇人明智小五郎在干什么，你们觉得他会灰头土脸地低头认罪吗？

哎呀,他的反应实在是出人意料,让我感到非常的挫败。因为,他竟然哈哈大笑起来。

"对不起,失敬失敬,我绝对没有笑话你的意思,但你太认真了。"小五郎辩解道,"你的想法真是有趣极了。我很高兴交到你这样的朋友。可惜的是,你的推理流于表面,而且过于依赖物质。举个例子,关于我和老板娘的关系,你调查过我们是怎样的青梅竹马吗?我以前是否和她有恋爱关系?我如今是否对她心怀怨恨?你注意到这些了吗?那天晚上,我为什么不告诉警方我与她相识,理由很简单。因为我无法给警方提供任何对破案有参考价值的线索。我还没上小学就和她分别了,直到最近才偶然得知她是我儿时的玩伴,也就交谈过两三次而已。"

"那么,你怎么解释指纹的事情呢?"

"你以为那之后我什么都没做吗?我也进行了不少调查。我每天都在D坂大街附近徘徊着哟,尤其是经常去旧书铺子。并且还碰见旧书铺子的老板,跟他好生交谈了一番——当时我毫不隐瞒地告诉他,我与他的妻子相识,没想到反而省了我不少力气——就像你通过新闻记者了解警察调查的情况一样,我从那家旧书铺子的老板那里了解了不少关于案件的线索。刚才说到的指纹马上就解释得通了。那个指纹我也觉得很奇怪,所以试着检查了一下,哈哈……真算得上是个笑话了。那盏灯泡里的灯丝断了，所以根本没有人关过电灯。而我也误以为灯之前被人关了，所以才去拧开关。可能是那时我慌忙扭转电灯，使得一度断掉的钨丝连接上了。这样，开关上只有我的指纹就不难理解了吧。关于凶手和服的颜色，与其让我来说……"

说到这里，他在自己身边的书堆里翻来翻去，很快就翻出一本有些破旧的外文书。

"你读过这本书吗？这是雨果·闵斯特伯格[①]写的《心理学与犯罪》，你来看看《错觉》这一章的开头，十行左右。"

刚才在听他自信笃定地论证的时候，我就已经开始意识到自己这次失败了，于是就听话地把那本书拿到手里看了起来。书上的内容大致如下：

  曾经有一起汽车犯罪事件。在法庭上宣誓要申述事实的证人中，一名证人声称出事道路完全干燥，尘土飞扬；另一名证人发誓那条路因下雨十分泥泞。一个说有问题的汽车正在慢慢行驶；另一个说从未见过像那样快速行驶的

[①] 雨果·闵斯特伯格（1863—1916）：美国心理学家，曾担任哈佛大学、哥伦比亚大学教授以及美国心理学会的会长，是第一个尝试在实际生活中运用心理学的学者。他的研究奠定了应用心理学这一学科的基础。

汽车。另外，前者还陈述说，村路上只有两三个人，后者则说路上有很多男女和孩子。这两个证人都是值得尊敬的绅士，而且扭曲事实做伪证对他们没有半点儿好处。

等我看完，小五郎又翻了几页说：

"这是真实发生过的事。这里有一章，叫《证人的记忆》。大概在这章的中间部分，讲的是一个预先策划好然后进行实验的事，刚好提到颜色的问题。虽说要花点儿时间，不过你还是看一下吧。"

下面就是我读到的内容：

（前略）举个例子，前年(该书出版于1911年)有一场由法律学家、心理学家和物理学家参加的学会在哥廷根召开，与会者皆为善于观察之人。此时，恰逢小镇正在如火如荼地举办嘉年华盛典。学会召开时，突然有一名身穿花哨衣服的小丑破门而入，张牙舞爪地冲入会场。仔细一看，还有一名手持手枪的黑人追赶而来。两人行至大厅中央，开始用尖锐的声音互相攻击谩骂。没一会儿，小丑不小心摔倒在地，那名黑人趁机扑至小丑身上。紧接着，枪声响起。突然，两人又烟雾般快速离开了会场。整个事件不超过二十秒钟。不用说，会场中的人都被刚才的场景所震惊。除了大会主席，没有一个人知道这俩人的话和动作都事先演练安排过，也没有人知道刚刚的场景都被相机拍了下来。所以，大会主席随后以法庭证词为由，请求与会人员将刚才的场景如实记录下来，这件事也显得合情合理。(中略,紧接其下，书中介绍了大多数人的记录都与实际情况有出入)正确写出黑人头上没有戴任何东西的，四十人中仅有四名。其他人，有写"圆顶硬礼帽"，还有写"大礼帽"，不尽相同。关于衣着，有说红色，有说茶色，有说条纹的，还有其他各种各样的颜色。但实际上，黑人只是穿着白裤子和黑上衣，系着一条大红色领带。(后略)

"正如聪慧的雨果·闵斯特伯格道破的那般，"小五郎开口说，"人类的观察和人类的记忆实在是不可靠。即使是如此善于观察的学者，都无法正确分辨衣服的颜色，何况那两个学生。所以，那天晚上，那两名学生看错和服的颜色也就毫不奇怪了。也许他们看到了什么人，但那个人肯定并没有穿着什么条纹花色的和服。当然，他们看到的那个人不是我。透过无窗格子的缝隙，联想到条纹状的浴衣，你的着眼点着实有趣。不过，你不觉得这实在过于巧合了吗？与其相信这种偶然的吻合，倒不如相信我的清白。还有最后，你推理凶手是通过借用荞麦面店的厕所逃跑，这一点我之前也考虑过。我原本以为除此之外凶手别无他法。但是，实地调查一番后，非常遗憾地告诉你，我的结论跟你正相反。实际上，根本没有所谓借用厕所的男子哦。"

诸位读者，相信你也注意到了吧？小五郎的一番话，已经将证人证词、凶手指纹，以及逃跑手段全部推翻，还企图证明自己的清白。但是，与此同时，这不就等于在否定犯罪本身吗？此刻的我完全搞不明白小五郎到底是怎么想的。

"那么，你有找到凶手吗？"

"当然，"他揉搓着头发回答，"我的做法和你稍有不同。物质的证据，给它加以不同的解释，就会出现各种各样的结果。所以我认为最好的侦探方法，就是从心理角度看透人的内心。当然，这跟侦探自身的水平有关。总之，我这次尝试把重心放在心理分析的角度上。

"最初引起我注意的是旧书铺子老板娘身上的伤痕。之后不久，我又听闻荞麦面店的老板娘身上也有伤痕出现。这点你也知道吧！但是，你不觉得奇怪吗？她们的丈夫看起来一点都不像是惯用暴力之人。旧书铺子老板也罢，荞麦面店老板也罢，都是一副老实本分、通情达理的模样。所以，我不禁怀疑这其中必然隐藏着什么不为人知的秘密。于是，我先去探了旧书铺子老板的口风，试图从他口中打探出到底有何蹊跷。我说出和老板娘是旧相识后，稍稍打消了他的防备之心，谈话进展得还算顺利。由此我竟得知了一个意想不到的消息。但是，当我试探荞麦面店的老板时，显然没那么简单了。他看起来就是个心理防线极强之人。为此，我费了不少功夫。最终我用一个技巧成功套出了他的真心话。

"你应该也知道心理学上的联想诊断法已经开始被用于犯罪搜查了吧。通过检测犯罪嫌疑人对一些简单的刺激性词语的反应快慢来判断其是否为凶手。但是，我认为这种测试不一定非得像心理学家说的那样，一定要使用一些诸如狗、家、河这样简单的刺激性词语，也不一定非得随时借助计时器那样的精密仪器才能完成。联想诊断法的精髓，并不在于形式。过去的一些名判官或是名侦探，他们生活的时代，心理学不像今天一般发达，他们却运用自己的聪明才智，不知不觉间进行了联想诊断法的实践。大冈越前守①就是其中之一。要说到小说的话，以爱伦·坡的《莫格街凶杀案》为例，小说一开始就讲到，杜宾能通

---

① 大冈越前守：即大冈忠相（1677—1752），是江户时代中期的幕臣、大名，曾担任过越前国（日本的古藩国名，在今日本福井县、岐阜县一带）的藩守，故名。歌舞伎及稗官野史中经常将他描写为明察秋毫、断案如神的名法官。

过朋友身体的动作，解析出朋友内心的想法。柯南·道尔也曾模仿这种写作手法，在他《住院的病人》一文中，福尔摩斯也进行过类似的推理。从某种意义上讲，这些都是联想诊断法的运用。心理学家的各种机械方法，只不过是为那些天生不具备洞察力的凡人而设计的。似乎说得有点偏题了，但是我正是用了这种联想诊断法才套出了荞麦面店老板的口风。我同他讲了很多话，尽是些无聊透顶的闲话。然后，借此研究了他的心理反应。不过，这是一个非常微妙且复杂的探索过程，详细过程我之后再同你细细说来。总之，最后我确信了一点，就是我找到了凶手。

"但是，我说的这些事情并没有什么物证。所以，我也没办法告知警察。即便我说了，恐怕他们也不会理睬。其实，还有一个理由，让我即便已经知道了犯罪嫌疑人是谁，却仍选择袖手旁观。那就是这虽然是一件凶案，但其实并不含有半分恶意。我这么讲可能有些奇怪，但这次的杀人事件，其实是在加害者与被害者两者都同意的基础上发生的。或者说，是被害者自己要求的也说不定呢。"

关于这个案件，我设想了各种情形，但小五郎说的这些还是匪夷所思。我不由得忘却了失败的羞愧感，转而聚精会神地听他讲述他那奇异的推论。

"这么说吧，我认为凶手其实是那个荞麦面店的老板。他为了掩盖自己的犯罪,谎称有男子借用厕所。其实,这不算是他设想的计谋,是我和你的错。我也好,你也罢,是我们询问是否有去借用厕所的男子,使他在这样的暗示刺激下得到了启发。而且,他以为我和你是刑警。所以,他为什么要杀人呢?……这起案件让我清楚地意识到,我们身处的这个社会,表面上看似平静,但其实背地里不知道隐藏着怎样出人意料的残忍的秘密呢。那是一种只会在噩梦般的世界里出现的东西。"

"旭屋的老板其实是一个'萨德'[①]式的重度性施虐者。也许真的是命运弄人吧,他竟然在跟自家店只隔了一个店铺的邻居那里,发现了一个女性的'马索克'[②]。是的,旧书铺子的老板娘其实是一个丝毫不亚于他的性受虐狂。于是,他们在病态欲望的驱使下,背着世人,任由欲望横行。……如此,你该明白我所言及的'彼此同意'

[①] 萨德:全名为唐纳蒂安·阿尔丰斯·弗朗索瓦·德·萨德(Donatien Alphonse Francois de Sade, 1740—1814),是法国贵族,创作了一系列色情和哲学书籍。因性癖好过于异常而被终身监禁,在狱中撰写了代表作《索多玛一百二十天》。形容虐待狂的名词"Sadism"即从他的名字衍生而来。

[②] 马索克:全名利奥波德·力特·冯·萨克·马索克(Leopold Ritter von Sacher-Masoch, 1836—1895),是有受虐倾向的奥地利著名作家,代表作《穿裘皮大衣的维纳斯》。形容受虐狂的名词"Masochism"即从他的名字衍生而来。

下的杀人了吧……他们在此之前，在正当的夫妻关系中勉强充实着自己病态的欲望。不管是旧书铺子的老板娘，还是旭屋的老板娘，她们身上新添的那些伤痕足以证明这一点。然而，不用说，他们并不满足于此。当他们发现咫尺间竟有自己一直以来苦苦寻觅的灵魂契合之人时，不难想象，一种不言而喻的默契就此迅速达成。可惜，老天爷的玩笑开过了头。他们在施虐和享受的过程中逐渐失控，疯狂日益加倍。终于，那晚，发生了他们绝不愿发生的悲剧……"

听完小五郎这段骇人听闻的结论，我不由得浑身发冷。这竟是如此的一个案件！

这时，楼下香烟店老板娘拿来了晚报。小五郎接过报纸，看了看社会版面，然后轻轻地叹了口气说道："啊，看来他终于忍受不住内心的煎熬，已经去自首了。真是无巧不成书啊。我们竟在谈论此事时看到了这份报道。"

我看向他手指的地方，上面印着一个小标题和约十行字的报道，刊载着荞麦面馆老板自首的消息。

心理测试

一

蓐屋清一郎为什么会去做那样可怕的事？——也就是接下来我要记录的这件事。我不知道他的具体动机是什么，即使知道，也与我要讲的事没什么太大关系。但是从他大学期间半工半读这点来看，可能是为学费所迫。他学习很有天分，也非常努力。为了赚取学费，他不得不花费时间去做一些无聊的副业。为此他时常懊恼，因为那样他就无法专心致志地读书、思考，做这类自己喜欢的事。但是，一个人仅仅因为如此渺小的理由就能犯下不可饶恕的罪行吗？也许是因为他生性本恶，也许是因为他难以遏制自己对学费的怨恨，以及对其他种种的欲望。姑且不谈这些，从他有意做这件事起，已经过去了半年时间。这期间，他犹豫着，反复考虑着，最终他还是下定决心去做这件事。

一切都要从他无意中结识了同年级的斋藤勇说起。当然，最初他也并非是刻意接近斋藤，只是从中途开始，他渐渐地有了一个模糊的目的。随着他们的关系日渐亲密，这个模糊的目的也逐渐清晰起来。

大概一年前，斋藤在近山处一个寂静的住宅区里租了一个房子。房主是一位官员的遗孀，一位年近六十的老寡妇。官员死后留给她几栋房子，虽说她只要凭借租金就可以生活无忧了，但是没有孩子这点让她意识到今后只能依靠金钱生活。于是，她把钱借给可靠的熟人赚取利息。看着自己的积蓄一天比一天多，这简直就是她人生最大的乐趣了。她把房子租给斋藤，一方面是因为她一个人生活，担心不够安全，另一个原因是她算计着哪怕只是房租也能让她每个月的存款有所增长。虽然最近不怎么听说她的事情了，但从古至今，守财奴的想法都一样。所以有传闻说，她除了表面上把部分钱财存入银行以外，还会把大量的现金暗藏在家中某个不为人知的角落。

这笔钱财成功地引起蔟屋清一郎的注意。按照他的理论，一个死老太婆要这么多钱有什么用呢？还不如资助像他这样的人才，这才是最合理的。因此，他想要通过斋藤尽可能多地了解那位老寡妇的相关信息，从而找到藏钱之处。但是，直到他从斋藤那里得知斋藤偶然发现了藏钱之处前，他都没有什么确切的想法。

"我跟你讲，我真是太佩服那个老太婆了！通常情况下人们藏钱的地方大都是地板下面，或是天花板上面。你绝对想象不到那个老太婆把钱藏在了哪里！她家的客厅壁橱那里放了一个很大的枫树盆栽，她把钱藏在那个盆栽底下。哪个小偷会想到她会把钱藏在花盆里？那个老太婆可真是守财奴里的天才啊！"斋藤兴致勃勃地笑着说。

自那之后，蓣屋的想法一点一点地开始明确起来。为了能够拿到老太婆的钱给自己交学费，蓣屋设想了种种办法，以及每种办法可能会遇到的问题，力图想出一个万全之策。但是，这比他想象中的还要难。和这件事相比，无论是多么复杂的数学题都不值一提了。就如之前所说，蓣屋仅仅是反复整理自己的想法，就耗费了半年时间。

这个计划的难点在于如何让自己免予刑罚。至于伦理上的谴责也就是良心上的不安，这些对蓣屋来说都不是什么问题。蓣屋认为拿破仑大屠杀并不是什么罪恶，反而是一件值得赞扬的事。与之相似，他也认为一个年轻有为的人，为了培养自己的才能，牺牲一个一只脚迈进棺材的老太婆，是再正常不过的事了。

老寡妇很少出门，整天悄无声息地窝在自家客厅里，即使出去也一定会吩咐那个出身乡间的女佣严加看守。蕗屋费劲各种心思，但是老太婆的防守没有丝毫漏洞。最初，蕗屋想他可以趁老寡妇和斋藤不在的时候把女佣骗出家门办事，然后趁机偷取老寡妇藏的钱。但是，这个想法太不计后果了，哪怕只是一小会儿，如果被人知道他一个人在屋子里的话，肯定会引起怀疑。类似这种愚蠢的想法，蕗屋想了很多，又一再否定，就这样兜兜转转过了一个月。

举几个例子吧，比如设置一个骗局，伪装成斋藤或是女佣或是普通的盗贼偷钱的样子；或者是趁家中只有女佣一个人的时候，偷偷潜入，在不被女佣发现的情况下偷钱；又或者是在深夜，趁老寡妇熟睡的时候进去偷钱。他想了各种办法，但是无论是哪一种方法，都有可能被人发现。

最终他得到一个可怕的结论：除了杀死老寡妇外别无他法。虽说他也不知道老太婆具体有多少钱，但种种迹象表明，老寡妇的钱没有多到值得冒着杀人的风险去盗取。那么，为了这么点钱杀害一个无辜的人，不会过于残酷吗？但是，即使那笔钱不是一般意义上的巨额钱款，对于一贫如洗的蕗屋来说，也能充分满足他的需求了。不仅如此，在蕗屋心里，问题不是钱的多少，而是如何才能让自己绝对不被其他人发现。为此，无论付出多大的代价，他都无所谓。

乍一看，杀人貌似比简单的盗窃危险数倍。但是这不过是一种错觉罢了。当然，如果预先设想到会被人发现的话，所有的犯罪行为中杀人一定是最危险的。但是，如果更加注重被发现的难易程度，而不是犯罪的轻重程度的话，根据具体情况（例如蕗屋的情况）那么反倒是偷盗更危险。相反，杀死有可能发现他犯罪的人，虽然残酷，但是没有后顾之忧。从古至今，那些臭名昭著的恶人不把杀人当回事，杀了一个又一个，之所以还没有被抓，难道不就是因为他们壮着胆子直接杀人的行径吗？

那么，杀了老寡妇就没有其他危险了吗？为了解决这个问题，蕗屋又思考了好几个月。在这期间他的想法是如何逐步成熟的，我们将在之后的故事中一一揭晓，在此不做赘述。无论如何，经过细致入微的分析以及综合考虑后，他得出一个普通人绝对无法想象的毫无破绽且绝对安全的方法。

现在只需等待时机来临了。这个时机来得要比想象中早。一天，斋藤因为有事去了学校，女佣也有事外出，两个人直到当天傍晚之前都不会回去。那是蕗屋刚做完最终准备的第二天。所谓的最终准备是指（在此有必要事先说明：蕗屋从斋藤那里听说藏钱的地点已经过去半年）蕗屋要确认这半年期间藏钱的地点有没有变化。为此，他在那日（也就是老寡妇被杀的前两日）拜访了斋藤，并顺便第一次走进老寡妇住着的靠里面的客厅和她聊天。他引导着他们的聊天朝一个方向进行，并且多次提及老寡妇的财产以及她把财产藏在哪里的相关传言。他每次说出"藏"这个字的时候，就会暗中观察老寡妇的眼睛。正如他所预想的那样，老寡妇的眼睛每次都偷偷瞄向壁龛处的盆栽（那时已经不是枫树，而是松树了）。蕗屋经过反复试探，最终确信藏钱的位置没有变。

二

终于到了那一日。蕗屋清一郎穿着校服，罩着一件学生样式的斗篷，戴着一副样式普通的手套走向老寡妇家。他反复考虑后还是决定不进行变装。如果变装的话要买服装，还要考虑换装的地点，这些都会留下犯罪的痕迹，只会使事情变得更加复杂，也没有什么效果。他主张犯罪应该在不被发现的情况下尽可能简单化，要顺其自然。他不能让任何人发现他去了老太婆家。如果仅仅是被人发现他从门前经过那完全无所谓，因为他经常去那附近散步，如果被人发现，也可以托词说那天只是去散步。另外，他也想过去老寡妇家途中不小心被熟人看见，（这是一定要考虑的）是变装好，还是穿平时的服装这个问题。答案显而易见。至于他为什么不等更适合犯罪的夜晚去，在明知只要再等一等，肯定会有斋藤和女佣都不在的夜晚，却依然选择白天去，也是为了避免犯罪过程中不必要的隐蔽性。

然而，当站在老寡妇家门口时，他就像普通小偷那样，甚至比他们还害怕，战战兢兢地环视四周。老寡妇家自成一户，和左右邻居以篱笆相隔，对面是一户富足人家，那家用水泥砌成的高高的围墙足有百米长。住宅区清幽寂静，哪怕是白天也基本没什么人。

蕗屋清一郎运气不错，路上连只狗都没看见便到了老寡妇家门口。他小心翼翼地拉动格子门，尽量不发出任何声音（正常拉动格子门时会发出很大的金属摩擦声），走进房屋后又小心翼翼地关上。蕗屋站在玄关处，压低声音打了声招呼（这都是为了避免被邻居听见）。等老寡妇走到门口，蕗屋就以想和老寡妇私下里讨论一些和斋藤有关的事情为借口走进了里间。两人刚坐下不久，老太婆一边说着"真是不巧，女佣正好出门了"，一边站起来准备给蕗屋倒茶。蕗屋等的就是这个时刻。就在老寡妇刚弯下腰准备拉开隔扇时，蕗屋冷不防从背后扑了上去，手臂用力环住老寡妇的脖子（虽然戴了手套但还是要尽量避免留下手指的痕迹）。只听老寡妇的喉咙处发出咯噔一声，又轻微挣扎几下，便咽了气。挣扎时，老寡妇在空中挥动的双手不小心划到了屏风，留下了些许痕迹。那是一幅双开的古旧金屏风，上面画着彩色的六歌仙①，小野小町的脸部有一小块地方被刮破了。

　　蕗屋确认老寡妇已经死亡后，把她的尸体放在一边，专门去查看屏风上的伤痕。他仔细想了一下，觉得发现完全不用担心，因为这个伤痕根本不能证明什么。随后蕗屋走过去查看壁龛处的盆栽。他把盆栽连根拔起，果然在花盆底部发现了一捆用油纸包裹的钱。蕗屋冷静地从衣服右兜里拿出一个崭新的钱包，把一半钱放入新钱包里（足有5000日元），再把钱包放回右兜。剩下的钱用油纸包好放回盆栽底部，这么做当然是为了隐藏偷钱的行为。只有老寡妇自己知道她存了多少钱，只拿走一半的话，不会引起任何人的怀疑。

---

　　① 六歌仙：指日本平安时代（794—1192）前期的六位杰出的和歌诗人。他们分别是在原业平、小野小町、大伴黑主、喜撰法师、文屋康秀和僧正遍昭。

接着他把旁边的坐垫卷了一下垫在老寡妇胸上（这是为了防止血液四溅），又从左兜拿出一把折叠刀，打开刀刃用力刺入老寡妇的心脏，转了一圈后才拔出来。然后他又用坐垫擦净刀上的血迹，再把刀折叠好放回左兜。之所以又用刀刺是因为他认为单凭绞杀的话，老寡妇可能没有死透，也就是从前人们常说的给予致命一击。至于为什么不在一开始就用刀刺，是为了防止老寡妇血液四溅，沾到自己的身上。

在此，我想先解释一下蔗屋放钱的钱包和折叠刀。这是他为了这次事件专门在庙会的摊铺上买的，买的时候，他特意选了那日最热闹的时候和客流量最多的摊铺。当时他按照价目牌扔下事先准备好的零钱，拿了东西就钻进人群藏了起来。动作快到无论是摊铺前的客人还是摊主都不可能记住他的长相。而这两件东西都很普通，也没有什么特殊的标记。

蔗屋仔细确认过自己没有留下任何痕迹后，关上隔扇慢慢走向玄关处。他在玄关处一边系鞋带一边想到脚印的问题，但是这一点就更不用担心了。玄关的地面是坚硬的石灰泥，外面的地面也因为连日晴天十分干燥。只剩下拉开格子门走出去这件事了，但是如果这一步没有做好，之前的苦心就都白费了。他一动不动耐心地听着外面传来的脚步声，外面一片寂静，没有任何声音，只听见不知从哪户人家悠悠地传来闲适至极的拨琴声。他最终下定决心，装作毫不在意的样子，就像是一个刚刚告辞的客人一样走出去，外面果然连个人影都没有。

那一带是寂静的住宅区，在距离老寡妇家四五百米的地方有一个神庙，古老的围墙沿着马路一直向前延伸。蕗屋反复确认周围没有人后，把凶器折叠刀和染血的手套从石壁的缝隙中塞了进去，然后慢悠悠地走向附近平时散步常去的小公园。他坐在公园的长椅上貌似悠闲地看着孩子们荡秋千，就这样待了很长一段时间。

回去的途中他去了趟警察局。

"这是我刚才捡到的钱包。里面好像有大量现金，我就送过来了。"

蕗屋一边说着一边拿出了那个钱包，他回答了警察的种种问题，捡钱包的时间、地点（当然这些都是捏造的），自己的住所、姓名（这些是真的），然后收到一张印刷好的填入了他的名字和钱的金额的收据。原来如此，这无疑是一种非常迂回但同时也最安全的方法。老寡妇的钱（谁也不知道少了一半）还藏在原处，所以钱包的失主绝对不会出现。一年后蕗屋就会收到这笔钱，然后就可以毫无顾忌明目张胆地使用了。这是他反复考虑后想出的办法。如果把这笔钱藏在某处，有可能在偶然间被他人拿走，而自己拿着的话，怎么想都很危险。而且使用这个办法，即使老寡妇之前记下了钱币的编号也完全不用担心了。

"哪怕是佛祖都不会相信会有人把偷了的钱交给警察。"他强忍着笑在心里默默说道。

蕗屋在住的地方像平时一样睡醒后，打着哈欠，翻开枕边的报纸浏览了社会版面。他看到报纸上写的事情有点惊讶，但是却不会很担心，对于他来说是预期之外的幸运。报纸上说他的朋友斋藤被列为嫌疑人，理由是他的身上藏有与他身份不符的大量现金。

"我是斋藤最好的朋友，去问问警察相关案情也是理所当然的。"蕗屋马上换好衣服就前往警察局。警察局就是他昨日送钱包的那个警察局，至于为什么没有把钱包送到不同辖区的警察局，这也是因为他想秉持着顺其自然的态度，故意做的。他摆出一副恰到好处的担心的表情请求同斋藤见面。然而，正如他所预料到的那样没有被允许。他详细询问了怀疑斋藤的原因，也逐渐了解到事情的真相。

蕗屋是这样想象的。昨天就在蕗屋离开后不久，斋藤比女佣先回到了家，理所当然就发现了老寡妇的尸体，但是在马上报警之前，他一定想到了那个盆栽。如果这是盗贼做的，那么里面的钱还在吗？大概是那么一点好奇心驱使，他仔细检查了那个地方，但是却意外地发现钱还在。看到钱斋藤起了坏心，虽说有些草率但也是情理之中的想法，因为谁也不知道藏钱的地方在哪儿，到时他可以解释为是杀了老寡妇的盗贼偷了钱，这是无论谁都难以拒绝的诱惑。那之后他是如何做的呢？按照警察的说法就是，他装作若无其事的样子跑到警察局报案说有人被杀了。但是这个不知好歹的人把钱藏在了围腰里，完全不当回事。估计他也没想到会在警察局被搜身检查吧。

但是等一下，斋藤接下来会怎样辩白？他会不会给我带来麻烦？蓑屋想了很多。当斋藤藏的钱被发现时，他可能回答："钱是我自己的。"因为谁也不知道老寡妇具体有多少财产，又把这些钱藏在哪里，所以无论什么样的辩白都可能是真的。但是，这笔钱太多了，所以最终他还是会说实话。只是法院会认可他的说法吗？如果有其他嫌疑人出现倒也罢了，反正在那之前肯定不会判处他无罪的。顺利的话，说不定会直接判处他杀人罪。要是那样就太好了……可是法官在盘问他的过程中很可能会了解一些其他事实。例如他在知道藏钱的地方后把这个信息告诉了我，或是在凶杀案发生前两天有人看到我进入老寡妇的房子和她聊了很久，还有我很穷，交不起学费，类似这样的事情。

不过这些问题蓣屋在制订计划前就想到了，而且无论怎么想，斋藤也说不出更多不利于他的事实。蓣屋从警察局回来，吃了早饭（那个时候他给女佣讲了这件事），然后像往常一样去了学校。学校里人人都在议论斋藤的事，他还得意扬扬地和他们讨论，成为讨论圈子的中心人物。

三

各位读者都知道侦探小说的性质，也知道这篇故事不会到此为止，的确是这样。实话说，之前的内容不过是这篇故事的前提，在此恳请各位读者继续阅读之后的内容，也就是费尽心思的蓣屋是如何被人发现他的罪行的。

负责预审这个案子的是有名的笠森法官，他不仅是通常意义上的知名法官，还因为一个奇特的爱好而广为人知，那就是他是一名业余的心理学家。当无法利用普通方法断案时，他就会利用自己丰富的心理学知识断案。虽然他资历尚浅，年纪尚轻，但是作为地方法院的预审法官就有些屈才了。这次老寡妇被害的案件，如果交给笠森法官处理的话，不论谁都认为会很快结案，就连笠森法官自己也是这么想的。他打算像往常一样,在预审时就彻底调查清楚,解决这个案件,这样在公审时就不用那么麻烦了。

但是随着调查不断深入,案件也愈发扑朔迷离。警方直接认定斋藤是罪犯,笠森法官也认可了警察的结论。那些在老寡妇生前拜访她的人,无论是寡妇的债户还是租户,甚至只是认识的人,都被一一调查传唤,但是并没有其他嫌疑人出现。蕗屋清一郎也是其中一员。既然没有其他嫌疑人出现,现在基本可以判定斋藤勇就是凶手。不仅如此,对于斋藤勇来说最不利的一点就是,因为他生性软弱,害怕法庭的氛围,接受审讯时回答得磕磕绊绊。昏头昏脑的他屡屡毁供,要么连他本应知道的事情也都不记得了,要么就是提出一些本来不应该说的很明显对他自己不利的申诉。反正非常慌乱紧张,这样愈发加重了他的嫌疑。他会这样也是因为他偷盗了老寡妇的金钱,感到心虚。不然的话,头脑聪明的斋藤无论多么软弱也不会做出如此愚蠢的事,真是有些让人同情呢。但是,笠森法官又没有信心仅凭这一点就认定斋藤就是杀人犯,这些都不过是怀疑。斋藤本人并没有认罪,也没有其他确凿的证据。

案发一个月后,预审依然没有结束,笠森法官有些急躁了。正好这时,他从老寡妇被杀的辖区的警察局长那里听说了一个很有价值的情报。案发当日,有人在老寡妇家不远处拾到了一个钱包，里面有5210日元，而拾到的人，正是斋藤的朋友蕗屋清一郎。这件事因为工作人员的疏忽一直没有引起注意。但现在已经过了一个月，这么一大笔钱的失主一直没有出现，那就有些奇怪了。为了保险起见，他们就把这件事汇报上去了。

已经陷入困境的笠森法官拿到报告，瞬间好像看到了一丝光明，他马上申请传唤蕗屋清一郎。当询问蕗屋接受调查时为什么没有提及捡到大量现金，蕗屋回答他没有想到这件事和杀人事件有关，这一回答理由充分。老寡妇的财产是在斋藤的围腰中发现的，谁能想到其他钱，尤其是路上丢失的钱会是老寡妇财产的一部分？

但这是偶然吗？就在案发当日，第一嫌疑人的朋友也就是蕗屋在案发现场不远处拾到了一大笔钱（从斋藤的申诉可以得知，蕗屋也知道藏钱的地方）。这真的是偶然吗？笠森法官挣扎着想要发现这其中的线索。令他感到万分遗憾的是，老寡妇没有事先记下所藏纸币的序号，如果有的话就能立刻知道，这笔来源可疑的钱是否与案子有关。法官冥思苦想，希望无论是多么微不足道的证据，哪怕能有一个就好。他反复查看现场，充分调查老寡妇的亲戚关系，但仍一无所获，就这样，又白白浪费了半个月时间。

法官认为唯一的可能就是蕗屋偷了老寡妇一半的钱财后，把剩下的一半放回原处，然后他把偷来的钱放入钱包里，装作在路上捡到的样子。但是真的会有人做这么荒唐的事吗？那个钱包当然也被检查了，但是没有任何线索。而且蕗屋不是也很镇静地解释，他那天散步时曾经从老寡妇家门前经过吗？如果是犯罪嫌疑人会如此大胆地说出这种话吗？还有，最重要的凶器还没有找到，蕗屋租住的房屋也搜查过了，但是没有任何发现，而且说到凶器，斋藤不也是一样没有吗？那么究竟应该怀疑谁呢？

因为没有什么确凿的证据，像警察局长说的那样，越是怀疑斋藤，就越觉得斋藤就是凶手。但蕗屋又并非完全没有嫌疑。唯一清楚的就是，经过这两个月的详细调查，除了这两个嫌疑人以外就没有其他嫌疑人了。想尽一切办法的法官觉得是时候使用自己的绝技了，他决定对这两个都有嫌疑的人使用他无往不利的心理测试。

四

蕗屋清一郎在案发两三天后接受第一次传唤时就得知负责案件的是有名的业余心理学家笠森法官。那时他预想到自己最后面对的情况，多少有些惊慌。他没有想到在日本仅凭某个人的个人爱好就可以进行心理测试。而关于心理测试他曾经读过很多书籍，可以说了解得非常清楚了。

遭到这么大的打击，蓣屋已经没有余力装作若无其事的样子继续上学了。于是他借口生病躲进房间里，整天思考如何闯过这一难关。就像他之前思考杀人计划那样，甚至比那时思考得更加周密。

笠森法官会如何实施心理测试？反正也完全无法预测，于是蓣屋根据他之前掌握的心理测试方面的知识，逐一思考有没有什么对策。但是原本的心理测试就是为了找出伪供而施行的，所以从理论上讲，对它进一步进行伪装是不可能的。

按照蓣屋的想法，按照心理测试的性质，大体可以分为两大类，一类是单纯根据生理反应来判断，一类是根据语言来测试。前者是测试人员提出各种与罪行有关的问题，利用适当的设备记录被测试者身体上的细微反应，进而掌握普通问询掌握不了的事实。这是基于人类可以说谎，可以伪装表情，但是无法压抑精神上的兴奋，这种兴奋反映到身体上就会有各种各样征兆的理论。适用这一理论的方法是利用自动性运动描记器记录手部的微小动作，或者是利用某种手段捕捉眼球的动作。还有利用呼吸描记器，测定呼吸的深浅快慢；利用脉搏计记录脉搏的快慢强弱；利用体积描记器记录血液血量；利用电流计观察手掌是否出汗等。或者是通过轻轻敲打膝盖，记录肌肉收缩的状态，以及其他各种各样类似的方法。

例如，如果被突然询问："就是你杀了老寡妇吗？"他绝对有自信可以冷静地反问："你说这些有什么证据吗？"但是那个时候，自己的脉搏会不会不自主地加快，或者呼吸会不会突然变得急促呢？这一情况是不是绝对不可避免的呢？他假设了种种情况，并在心里反复练习。但是不可思议的是，无论对自己的询问多么间不容发、出其不意，都无法激起身体上的变化。当然毕竟没有任何可以记录细微变化的工具，所以也无法确定。但是既然没有感受到精神上的兴奋，那么身体上的变化自然也不会有。

就这样，经过一系列实验和推测后，蔗屋忽然想到一个方法。如果反复练习的话，难道不会影响心理测试的效果吗？换句话说，也就是对于同一问题，如果问的次数多了，神经反应会不会变弱，也就是说产生了适应。即便从其他一些事情来看，这个可能性还是很大的。对自己提出的讯问没有反应这件事，应该也是出于这个原因，因为在提出问题之前，他已经预料到了问题的内容。

因此，他逐一查看《辞海》的几万个词条，挑出审问时可能会用到的词，花费整整一周的时间来锻炼自己在面对这些词时的神经反应。

接下来是运用语言测试的方法，这种方法不足为惧。这么说吧，因为只是一些词语，所以很容易瞒混过去。方法很多，最常用的就是联想诊断法，这也是精神病分析专家最常用的方法。测试人员会依次说一些类似于"拉窗""桌子""墨水""笔"这样的词，被测试者要尽可能快地说出自己联想到的单词，不能有思考的时间。例如说到"拉门"可能会联想到"窗户""门槛""纸"或是"门"等词，不拘什么，只要马上说出当时想到的词就可以。测试人员提问时会装作不经意在这些无意义的单词中混入类似于"刀""血""钱""钱包"这种和案件有关的单词，然后调查被测试者对这些词的联想。

首先，如果是一个很肤浅的人，在听见老寡妇案件中的"盆栽"这个词时，可能一不留神就说出"钱"这个词，这是因为对于他来说印象最深的就是从盆栽底部偷出来的钱。这就等于他自己供出了自己。但是，如果是比较有城府的人，即使想到"钱"也会忍住，回答一个类似"瓷器"的词语。

针对这种欺骗有两种方法，一种是在回答完第一轮单词后，过一段时间重新测试一次。自然而然说出的答案前后不会有很大不同。但是故意作答的话，十之八九会与刚开始的答案有很大出入。例如，听到"盆栽"第一次回答"瓷器"，第二次会回答"土"。

第二种方法是用某种设备精确地记录从发问到得到回答耗费的时间，根据时间长短进行判断。例如被测试者听到"拉门"回答"门"的时间不到一秒，而听到"盆栽"回答"瓷器"的时间用了三秒的话（当然实际操作时并不是这么简单），那就说明他花费了时间，忍住没有说出最初想到的那个词。这就说明被测试者可能说谎，而这种时间上的延迟不会表现在提问这个词上，而是会表现在下一个提问的没有特别含义的单词上。

此外还有一种方法。测试人员会让被测试者详细交代当时的犯罪情况，然后要求被测试者复述出来。如果是真正的罪犯，那么他在复述一些细微之处时，就会无意中说出与之前交代的内容不一样的真实情况。（我要跟了解心理测试的读者道个歉，因为我的叙述实在太过烦琐。但是，如果没有这些解释的话，另外一些读者就会对整个故事似懂非懂，所以我也是不得已而为之。）

针对这种测试，不用说同之前说的一样，需要进行一些"练习"。但是在蕗屋看来，更重要的是要老老实实，不玩弄那些无聊的技巧。

听到"盆栽"这个词，如果直截了当地回答"钱"或者"松树"才是最安全的方法。这是因为即使蕗屋不是凶手，但是通过法官的调查以及一些别的途径，也会在一定程度上了解犯罪事实。而且盆栽底部有钱这件事，无疑是最近让他印象最为深刻的事情，这种联想不是理所当然的吗？（并且如果是这种方法的话，在被要求复述现场情况时也会很安全）唯一的问题在于耗费时间。这个还是要多练习。在听到"盆栽"这个词时，不要仓皇失措，要提前练好"钱"和"松树"这样的回答。蕗屋又花了几天时间进行练习，就这样，一切准备就绪。

另一方面，蕗屋想到另一个有利的事情。有了这件事，就算是被问到事先没有预想到的问题，甚至是再糟糕一点，在被问到预料之中的问题时表现出对自己不利的反应，也毫不可怕。因为接受测试的不止蕗屋一个人，还有神经兮兮的斋藤。就算他自己没做过这些亏心事，但是面对种种审讯他还能一直心平气和吗？恐怕，按照正常来讲，他至少会同蕗屋表现出一样的反应。

蕗屋想来想去，逐渐放松下来，感觉自己都要忍不住哼起歌来。现在他反而期待笠森法官对他的传唤了。

五

笠森法官是如何进行心理测试的，神经敏感的斋藤又是什么样的反应，蕗屋又是怎样沉着地应对心理测试，这些问题，我决定不在此赘述。我们在此省略详细过程，直接进入最后的结果吧。

那是进行心理测试后的第二天，笠森法官坐在自家书房中查看写着心理测试结果的资料。正思索时，用人拿着明智小五郎的名片来了。读过《D坂杀人事件》的人多少知道，明智小五郎是个怎样的人，他在那次事件之后多次处理各种疑难杂案，罕见的才能逐渐展露出来，获得了专家和普通大众的认可。由于某个案件他和笠森熟识起来。

在女佣的引导下，明智小五郎笑嘻嘻地出现在笠森面前，现在距"D坂杀人事件"已经过去了多年，明智小五郎已经不是当年那副书生模样了。

"你看起来很勤快啊！"明智一边说着一边探头看向法官面前的书桌。

笠森转过座椅，面向明智小五郎说道："唉，感觉这次真是不好办了。"

"是老寡妇被杀的那个案子吗？心理测试的结果如何？"自从案发以来，明智多次遇到笠森法官，也听说了案件的详细经过。

"怎么说呢，结果是出来了，但是我却总感觉说服不了自己。昨天做的是脉搏测试和联想测试，蕗屋基本没什么异常反应。不过，在脉搏测试时有一些相当可疑的地方，但是同斋藤比较的话，也不算什么大问题。你看一下这个，这是问题列表和他的脉搏记录。斋藤的反应很明显，变化剧烈。联想测试也是一样的。面对'盆栽'一词，蕗屋花的时间甚至比他在回答其他无意义的词时更短，而斋藤竟然用了六秒钟。"笠森法官说。

法官将联想测试的记录拿过来。带有"〇"印记的是和案件有关的单词，实际上要用到大约100个词，而且要准备两三组，一遍遍地进行测试。而右侧的表格则是为了更容易理解制作的简易版本。

"怎么样，很明显吧？"笠森法官等明智小五郎看完记录说，"从这个结果来看，斋藤的表现很刻意，最明显的就是他的反应时间太长了。不仅是有问题的那些词，甚至连这些词后面的那个词也受到了影响。还有他对'钱'的联想是'铁'，对'偷'的联想是'马'，这都是些无厘头的联想。而他对'盆栽'这个词考虑的时间最久。恐怕是想要避免说出联想到的'钱'和'松树'这两个词吧。与之相反的是，蕗屋的表现更自然一些，'盆栽'联想的是'松树','油纸'联想的是'藏','犯罪'联想的是'杀人'。如果是凶手的话,一定会想尽办法掩饰这些联想词的,他一点压力都没有,而且用时很短。如果他是凶手,做出这样的回答,那只能说他是一个彻底的低能儿。但实际上他可是大学生,是优秀的读书人才。"

"也可以这样理解。"明智思索着说。

但是笠森法官丝毫没有注意到他意味深长的表情,继续说道:"但如果是这样,那么现在蔹屋已经完全没有嫌疑了。而斋藤是不是凶手这一点,虽然测试结果非常清楚,但我还是没有办法确定。虽说只是预审判定他有罪,并不是最终的判决,这样也就差不多了。可是你知道我是不服输的。如果在公审时被人推翻我的判断,那就太晦气了。所以现在我还是有些犹豫。"

"这个确实很有趣。"明智小五郎翻动着手里的记录,"蔹屋和斋藤据说都是勤奋努力的人,从他们对'书'这个词的联想是'完善'这一点就可以看出。更有趣的是,蔹屋的回答偏向理智、物质。而相反,斋藤的回答偏向感性、抒情。例如对于'女子'这个词他联想的是'和服''花''人偶''景色''妹妹'这类词。可以说他是一个敏感的男性。而且估计斋藤身体不太好,因为'讨厌'这个词他联想的是'生病'。'生病'联想的是

'肺病'，这些可以证明他很担心自己会得肺病。"

"确实如此，联想判断这种事物，越深思越有更多有趣的判断。"

"不过，"明智换了个口气继续说，"你有没有考虑到心理测试这个方法的缺点呢？德·基罗斯批判了心理测试的提倡者缪斯塔·贝尔西，认为这种方法虽说是为了取代审问而产生的，但是容易像拷问一样引发冤案，导致真正的罪犯逍遥法外。缪斯塔·贝尔西本身也提出，心理测试只能测出嫌疑人是否知道某些地点、人物这些有限的信息，其他的信息是无法确定的。虽然对你说这些可能班门弄斧了，但是确实非常重要，你认为呢？"

"要是往坏处想的话，很有可能会这样。"笠森法官脸色有些难看。

"但是，现在这种最坏的情况却近在眼前。会不会有这样的事情？一个很敏感的无辜男人被怀疑犯下了某种罪行。这个人见到了犯罪现场，也了解犯罪事实。这个时候他还能平心静气地面对心理测试吗？他肯定会变得很激动：'这是在测试我，我应该怎样回答才会让我摆脱嫌疑？'因此，在这种情况下的心理测试，难道不会出现像德·基罗斯所说的那样'陷无辜的人于有罪'的那种情况吗？"

"你是在说斋藤吧？怎么说呢，这件事其实我也感觉不太对。我刚才不是说了吗，现在还在犹豫呢。"法官的脸色愈发不好了。

"如果嫌疑人斋藤是无罪的（当然他的盗窃罪不可避免），那么到底是谁杀了老寡妇？"笠森法官中途接过明智的话，有点粗鲁地问，"你是不是有其他的怀疑目标？"

"是的。"明智笑嘻嘻地说，"我从心理测试的结果断定蔗屋就是凶手，但是还不能完全肯定。那个男生现在已经回家了吧？怎么办，能不能不露痕迹地把他传唤到这里来？那样的话，我就能找到真相了。"

"你说什么？！你有什么确凿的证据吗？"法官有点吃惊地问道。

明智没有一丝得意之色，而是详细表达了他的想法，法官对他的判断完全信服。带着明智的期望，他派人去了蔗屋住的地方。

"您的朋友斋藤马上就要被定罪了。关于这件事我还有些话想和您说，不麻烦的话，能请您来我家一趟吗？"

这是邀请蔗屋时的原话。当时蔗屋刚好从学校回家，听到这话，马上就赶去了法官家。即便是城府很深的蔗屋，听到这个好消息也掩饰不住自己的兴奋。他甚至完全没有意识到，这可能是个圈套。

六

笠森法官向蕗屋大概说明了判决斋藤有罪的理由后，又说道："非常抱歉我之前怀疑了你。今天想要向你道歉，同时也想和你好好聊聊，所以就把你请了过来。"然后他让用人为蕗屋端来一杯红茶，放松地和蕗屋闲谈起来。明智也加入了谈话。法官给蕗屋介绍说，明智小五郎是自己认识的律师，受死去老寡妇的遗产继承人的委托，过来索取报酬。当然，这件事情有一半是捏造的，但是老寡妇的亲戚商量最终由老寡妇出身乡间的外甥继承遗产这件事是真的。

三个人就这样从斋藤的事开始聊起，又聊到很多其他的事情，已经彻底安心的蕗屋竟是三人中最健谈的一个。他们不知不觉聊了很久，窗外的天色逐渐暗了下来。蕗屋注意到这一点，于是就打算告辞了："那么就失礼了，我也该告辞了，您还有别的事吗？"

"哎呀！我都忘了。"明智小五郎爽快地说，"怎么说呢，是有一件微不足道的小事吧。你知不知道，那个发生命案的房间里有一副对折的屏风？因为那上面有一道刮痕，所以现在出现点问题。其实，那副屏风并不是老寡妇的东西，而是被别人抵押在那里。现在原主人非要说那个伤痕是凶案发生时留下的，要求赔偿。而老太婆的外甥和她一样是一个小气鬼，说那道刮痕很可能是原本就有的，死活不答应赔偿。实际上，这并不值得一提，但是那副屏风据说是贵重物品。你平时经常出入她家，那道刮痕到底是什么时候出现的，你有印象吗？可能你根本没注意到什么屏风，那屏风并不引人注意。实际上我之前也问了斋藤，但是他很激动，没有注意到。再加上女佣也回乡了，即使写信问她，估计她也不一定知道什么。唉，这就有点麻烦了……"

屏风是抵押物这件事是真的，但其他事情却是编的。蕗屋听到屏风，不知道为什么感到一丝寒意。但是听着听着，都是些鸡毛蒜皮的小事，于是渐渐放下心来。我在担心什么，这个案子不是已经尘埃落定了吗？他在那一瞬间想着自己该怎样回答，然后决定还是按照惯例，顺其自然，他觉得这才是最好的方法。"律师先生，你也知道我在案发前两日曾有一次进入那个房子。"他笑着说，这种说话方式让他感到十分愉悦，"不过，那副屏风我有印象。而且我记得在那时屏风上面还没有伤痕。"

"这样啊！你确定吗？就是在小野小町脸上那里有一

道刮痕。"

"对，我想起来了。"蕗屋装作刚想起来的样子，"那是一幅六歌仙的画，我还记得小野小町，但是如果那时候有伤痕的话，我不会看漏的。彩色的小野小町脸上有伤的话，我肯定一眼就能看出来。"

"那么，能不能麻烦你做个证明呢？那副屏风的主人有点贪得无厌，不太好对付。"

"当然可以，看您什么时候方便，我都行。"蕗屋得意地向明智小五郎承诺。

"非常感谢。"明智小五郎伸手抓了抓自己乱蓬蓬的头笑着说。这是他感到兴奋时的习惯性动作。"实际上，我最开始就想你一定知道屏风的事，因为，在昨天心理测试记录里，当问到'画'这个词的时候，你联想到的是'屏风'吧？这个很特别。一般租住的房子里并没有屏风，而你也没有除斋藤以外的其他关系比较好的友人。所以我就想，这应该是指老寡妇家的屏风。是有什么理由让你对老寡妇家的屏风印象深刻吗？"

蕗屋有些吃惊，确实如这个律师所说。但是昨日，他为什么走了嘴说了屏风？而且不可思议的是，到现在为止，他一直没有意识到这一点，这不危险了吗？但是到底哪里出现危险了呢？当时他仔细检查了伤痕，确定没有发现任何可能留下证据的地方。没关系，没关系，他反复回想，最终放下心来。但是他没有察觉到他已经犯了个不能更明显的错误。"原来如此，我都没有注意到，确实如您所说，您的观察真敏锐。"蕗屋一直没有忘了要顺其自然这一点，镇定地回答道。

"没什么，我也是偶然看到的。"伪装成律师的明智小五郎谦虚地说，"但是说到发现，我还发现了一点。当然，不是什么值得担心的事。昨天的联想测试中有八个为危险词，你却成功地避了过去，可以说回答得非常完美了。但凡你有一点心虚之处，都不会回答得这么完美。关于那八个词，你看这里都打了圈。就是这八个。"明智一边说着，一边把记录拿给蕗屋看。"但是你对这八个词的反应时间，明显要比其他没关系的词反应时间更短，虽然只快了那么一点点，例如'盆栽'，你联想到'松树'只花了0.60秒，这是非常罕见的直接了。毕竟这30个词中最快的联想应该是给'绿'对应个'蓝'之类的词啊，你甚至花了0.7秒才想到呢。"

蕗屋开始感到不安。这个律师绕来绕去究竟想要表达什么？是好心还是恶意？莫非有什么企图？他倾尽全力思索这里面的意义。

"无论是'花盆''油纸'还是'犯罪'，绝不比

'头'或'绿'这些普通的词更容易联想。话虽如此，你倒对这种难以联想的词回答得迅速。这意味着什么？我发现的就是这一点。要不我来猜测一下你的内心。怎么样？这也是一件趣事啊。如果我猜错了的话，就先给你道个歉吧。"

蕗屋浑身一震，他自己也不知道为什么会这样。

"你很了解心理测试的危险性，所以事先做了准备吧？可以说所有跟案件有关的词你都事先打好了腹稿，想好怎么应付了吧？当然，我绝不是指责你的做法。实际上，心理测试本身在某些情况下就是非常危险的，并不能完全确保不会放走罪犯，让无辜的人受罪。不过如果准备得过于充分的话，虽然你并没有打算快速回答这些问题，但还是回答得飞快。这就是你计划的失败之处，你只担心回答的时间过慢，却忽略了回答时间过快的问题。而这其中时间的差距非常小，观察力不是很敏锐的人会完全忽略。总之，因为是捏造出来的，所以总会有些破绽。"这也是明智为什么会对蕗屋产生怀疑。"但是你为什么会选择'钱''杀人''隐藏'这些容易引起嫌疑的词呢？可能这就是你单纯直接的地方吧。如果你是凶手的话，对'油纸'的回答就绝对不会是'隐藏'。能冷静地说出这些词，就证明你毫无心虚之处。怎么样？我说得对吧？"

蔸屋直直地盯着明智小五郎的眼睛，不知为什么，他无法转移自己的视线。他的脸紧绷着，无法做出任何表情，无论是笑还是哭，或是吃惊。他哑口无言，即使勉强自己说话，可能也是马上发出恐惧的尖叫。

"这种顺其自然，换言之，也就是不耍任何花招，也是你的一贯做法。我因为知道这些才会像刚才那样对你提问。你还不明白吗？就是之前提到的屏风。我毫不怀疑你会如实作答。实际上你做的也和我想的一样。那么我们来问一下笠森先生，那副屏风是什么时候搬入老寡妇家的？"明智佯装不知地问法官。

"是在案发的前一天，也就是上个月的4号。"

"哦？就是案发的前一天，真的吗？这不奇怪吗？刚才蔸屋君可说得很清楚了，他在案发的前两天也就是4月3号那天，就在那个屋子里看到过屏风。如果你们两个都没错的话，这就不合理了。"

"大概是蔸屋君误会了什么吧。"笠森法官意有所指地笑着说。"现在已经明确知道，一直到4号傍晚，那副屏风都放在原主人那里。"

明智饶有兴致地观察着蔸屋的表情。蔸屋的脸像马上就要哭出来的小女孩那样扭曲着。

这就是明智小五郎事先设计好的陷阱，他从笠森那里得知，在案发两天前，这副屏风并没有放在老寡妇家里。

"现在麻烦了吧？"明智貌似很受困扰地说，"你犯了一个无法挽回的大错误。为什么你会说出你没见过的东西呢，你并不是在案发前两天去了老太婆家吧？尤其是你记得六歌仙的画，这是你的致命伤。这恐怕是你一心想说真话，但却在不经意间制造了另一个谎言。是这样吧？你在案发前两天进入那个房间的时候，真的注意到那里有屏风了吗？一定不会，实际上它与你的作案计划没有任何关系。就算当时那个屏风就在房间里，你也知道那种带有时代感的颜色灰暗的东西，和其他家具相比并不起眼。而你在案发当日看到过屏风，所以就自然而然地认为两天前也是有屏风的。因此我想到用这种方法提问。再加上，我对你提问时有一些刻意的诱导。如果是普通的罪犯绝不会像你那样回答，因为他们认为还是隐瞒不报比较好。你比大多数法官和罪犯都要聪明十倍或者几十倍，换句话说，你认为在底线范围内尽可能说出事实会更加安全。这就是一种反其道而行之的方法吧？但是我再给它加了一个反转。你自然不会想到一个跟这个案件毫无关联的律师，竟然会为了让你坦白交代而设计出这么一个陷阱吧。哈哈哈。"

蓉屋脸色发青，额头冒出冷汗，站在那一动不动，陷入沉默。事到如今，再辩解只会露出更多破绽。他是个聪明人，知道自己刚才的失言是一份多么有力的供词。他的眼前像是走马灯一样闪现出他从儿时起到现在经历过的事情。

大家沉默良久。"你刚刚听到了吗？"过了很久明智突然说，"刚才沙拉沙拉的声音是有人在旁边的房间记录我们的对话。……哎！我说可以了，把刚才的记录拿过来吧。"于是隔扇被拉开了，一个书生模样的男子拿着一沓纸走出来，"你来读一遍吧。"明智说完后，那个男人开始从头读起来。

"那么蕗屋你在这上面签个字吧，按手印也可以，你不会拒绝吧？毕竟刚才你答应我可以随时为屏风那件事做证。恐怕你也没想到会是这样的做证吧。"蕗屋在纸上签字画押，他心里知道，拒绝签字纯粹是徒劳，这也意味着他承认了明智刚才惊人的推理。此时他已经完全放弃了，垂着头没有丝毫生气。

"正如我之前所说，"明智最后解释道，"缪斯塔·贝尔西曾经说过，心理测试只有在测试嫌疑人是否知道某个地点、某个人或某件事的时候才会发挥作用。拿这次的事件来说，就是要测试蕗屋君是否看到那个屏风。抛开这一点，哪怕再进行上百次测试也没什么好的效果。毕竟，这次的对手是像蕗屋君这样会事先预想并做好周密准备的人。我还想说,心理测试未必像书里写的那样,必须使用一些刺激性词语和精密的仪器。像我今天进行的测试,即使只是最为普通的日常对话,也完全能产生效果。很久以前有名的法官大冈越前守,也是无意中利用心理学的各种方法审案,只不过他们自己不知道罢了。"

二 钱铜币

上

那时我们两个人早已穷困潦倒,甚至说出了"真羡慕那个小偷啊"这样的话。

在郊区简陋木屐店的二楼,一间大约只有六张榻榻米那么大的房间里,摆放着两张破旧的纸胎漆器①桌子。松村武和我整日幻想些奇怪的事情,无所事事,游手好闲。

我们两人已是走投无路、寸步难行,竟无耻地羡慕起一个轰动了整个社会的盗贼,以及他那巧妙的作案手法。

这起真实的盗窃案件,与本故事关系巨大,在这里容

---

① 纸胎漆器:漆器的一种,在木模上张贴多层纸,然后脱模涂漆的器具。

我叙述一二。

这起盗窃案发生于芝区某大型电气工厂的一个员工发薪日。十几名工资计算员，要根据将近一万名职工的考勤卡，计算出每位员工一个月的工资，然后再将刚从银行取出，几乎满满一箱的五日元、十日元、二十日元的钞票放到堆积如山的工资袋里去。正当他们忙得满头大汗的时候，一位绅士出现在事务所的玄关。

女接待员上前询问其来意，绅士称自己是《朝日新闻》的记者，想见经理一面。于是，女接待员拿着印有东京《朝日新闻》社会部记者的名片，向经理通报了此事。

这是一位自诩非常擅长应对新闻记者的经理。不仅如此，像这样既可以向新闻记者吹吹牛、说的话还能被当作某某名人访谈刊登在报纸上之类的事情，虽说有些幼稚，但谁也不会讨厌。因此，经理爽快地将这名自称社会部记者的男子请进了办公室。

这名记者戴着一副玳瑁框眼镜，留着漂亮的胡子，一身时髦的黑色礼服，搭配流行的折叠式公文包，非常熟练地坐在了经理面前。随即，他从香烟盒中抽出一支昂贵的埃及纸卷烟，利落地擦燃放在桌上烟灰缸里的火柴，呼的一声把青烟喷到了经理脸上。

"请阁下就贵公司职工待遇问题发表一下意见。"他带着新闻记者特有的咄咄逼人的气势，但同时又隐约流露出一种淳朴亲近的样子提了这样的一个问题。

于是，经理就工人的生活福利问题，对劳资协调、温情主义大肆谈论了一番。但因为这些话与本故事无关，所以在此不多做讲述。约30分钟后，这名新闻记者在经理讲完一段话后，说了一句"失陪一下"，去了一趟卫生间然后就不见了。

经理只觉得这记者没礼貌，对此并不在意。恰逢午饭时间，他便向食堂走去。当他正享受着从附近西餐厅取来的牛排时，会计主任突然脸色苍白地飞奔而来，向他报告道："工资不见了，被人偷了！"

经理大吃一惊，连忙放下刀叉去失窃现场查看情况。面对这起突如其来的盗窃案，我们大致可以想象如下：

当时，工厂的办公室正在改建，若是平时应该在锁紧门窗的一个特殊的房间里计算工资，但那天暂定在经理办公室旁的会客室里进行。午饭休息时间，不知哪里出了差错，会客室无人看守。计算员们想着会有其他人留下来，没想到大家都去了食堂。大约有半小时，满满一箱成捆的钞票被留在没锁门的会客室里。一定是有人在这个间隙悄悄潜入，偷走了大量现金。然而，窃贼并没有拿走已经放入工资袋的钞票和一些零钱，只拿走了箱子里成捆的二十日元和十日元的钞票。损失高达5万日元。

经过多方调查，先前来访的新闻记者最为可疑。打电话向报社询问，果然，对方说公司并无此人。于是，经理连忙报警。但另一方面，又不能不发工资，经理只好又拜托银行重新准备二十日元和十日元面值的钞票，整个过程闹得沸沸扬扬。

那个自称新闻记者，骗得经理傻呵呵地浪费口舌说了一通大道理的男人，正是当时被报纸尊称为"绅士盗贼"的大盗。

该地区警察分局的司法主任等人来到现场搜查后，并未发现任何线索。这盗贼连报社名片都能搞到手，肯定不是那种能轻易对付的家伙。唯一能够确认的，就是经理记忆中那个人的样貌，但这也并不可靠。因为衣服等随时可以更换，还有经理认为很重要的玳瑁框眼镜、胡子等线索，仔细一想，都是变装的常用手段，没有什么参考价值。

没办法，警察只能盲目打听，向附近的车夫、香烟铺老板、露天小贩们打听有没有见过如此打扮的男人，如果有，他是向哪个方向逃跑了。此外，市内各派出所也收到了嫌疑人的画像。也就是说，虽然警察已在工厂周围设置了警戒线，却依旧毫无线索。一天、两天、三天，用尽了所有手段，就连车站也安排了人手，甚至还向各府县的警察局寻求协助。

就这样，一周过去了，还是没能抓到盗贼，警方已经陷入了绝望。可能只有等这盗贼犯下其他罪行时才能将其抓捕归案了。工厂经理每天给警察局打电话，责备警察怠慢工作。局长也因为觉得是自己的过失每日里愁苦不堪。

在绝望的笼罩下，同一警局的一位刑警，正在一家一家仔细地查访市内的香烟铺。

当时，市内售卖全品牌的进口香烟的香烟铺在各区多达数十家，少的也有十家左右。这名刑警几乎查遍了所有店铺，只剩下靠近山脚的牛込区和四谷区尚未查访。

刑警想，如果今天查访完这两个区还是毫无进展的话，就只能放弃了。就跟彩票开奖时一样，刑警怀着又期待又害怕的心情，一步一步向前走着。他偶尔会在警察局门前停下来，向当地警察询问香烟铺的地址，然后又继续向前。他的脑袋里全是FIGARO这个埃及香烟的牌子。

然而，当他在前往牛込神乐坂的一家香烟铺的路上，从饭田桥的电车车站往神乐坂下的大街走去时，突然在一家旅馆门前停下了脚步。如果不是特别细心的人肯定注意不到，就在那个盖在下水道上被用来垫脚的花岗岩上，掉落着一个烟头，这正是刑警寻找的那种埃及香烟。

因为一支烟头导致行迹败露，这位绅士盗贼终于被送进了牢房。因一支烟头就能逮捕犯罪嫌疑人，有一点侦探小说的意思，当时的报纸甚至还连载了某些刑警的丰功伟绩。我这个故事也是根据当时报纸上的文章改编的。非常遗憾，为了赶快进入正题，在这里我只能简单地说一下结果，没时间对此进行更详尽的讲述。

像读者想象的那样，这名厉害的刑警从盗贼留在工厂经理办公室的烟头逐步展开了侦探工作。他早已巡查完各区较大的香烟铺。这烟头虽是埃及货，但销量并不算好，所以当时卖出这种FIGARO香烟的店铺极少，因此店家清楚地记得卖给何处的何人，没有一点儿迟疑。

在巡查的最后一天，正如上文提到的，刑警偶然间在饭田桥附近的一家旅馆前发现了同样的烟头。其实他也不过只是碰巧跑到旅馆里面探查了一下，没想到最后竟然很侥幸地查到了捕获犯罪嫌疑人的端绪。

刑警花费了很多心思。比如说，他还亲自投宿到了这家旅馆里。而那个抽埃及烟的人长得跟工厂经理说的完全不像，反正又费了很大的功夫，最终，在那个男子住的房间的火盆下，找到了他实施犯罪时穿的黑色礼服、玳瑁框眼镜和假胡子。这下铁证如山，绅士盗贼再也无处可逃。

之后，根据盗贼接受审讯时的供词，犯罪当天——不必说，他知道是员工发薪日——他趁经理不在房间，溜进隔壁会客室盗取现金，然后立刻取出公文包中的大衣和鸭舌帽，把一部分纸币放入其中，并拿下眼镜、摘掉胡子，穿上大衣遮住礼服，将西式礼帽换成鸭舌帽，从另一个出口若无其事地离开了。当警察问他，如何能不被任何人怀疑地将多达五万日元的小额纸币拿出去时，绅士得意地笑着说：

"我们这种人，浑身上下都是口袋。要是你们不相信，可以去查那件黑色礼服。那礼服乍一看和普通礼服无异，但实际上跟魔术师的道具一样，里面有一个跟衣服差不多长的隐形口袋，藏五万日元根本不算什么。中国的魔术师甚至把装了水的水盆藏在身上呢。"

如果这起案件到此结束的话就没什么意思了。可是，这起案件却有一个和普通案件不同的地方，并且和我这个故事的主题有很大关系。

我之所以这么说是因为，那五万日元到底藏在了什么地方，这位绅士盗贼一直没有交代。从警察局到检察院，再到法院，连过了三道关卡，无论谁用什么方法审问，他只一口咬定不知道。最后，他甚至说出这五万日元已经花光了这样荒唐的话。

照这样下去，只能凭借侦探的力量找到那笔钱的藏匿之处了。据说找了很久还是毫无线索。于是，这位绅士盗贼又因藏匿这五万日元，被法院处以比一般盗窃罪更重的刑罚。

真正发愁的是被盗的工厂。厂方希望警察能从犯罪嫌疑人嘴里问到那五万日元的下落。虽然警方并没有停止查找这笔钱的下落，但工厂总觉得不够给力。于是，负责此事的工厂经理发布悬赏通告：无论谁找到这五万日元，都将获得一成作为报酬。也就是赏格为五千日元。

接下来我要讲的是这起案件发展到这个阶段时，发生在我和松村武身上一点有趣的事。

中

正如这个故事开头所讲的，那时，我和松村武住在郊区的一个木屐店二楼六张榻榻米大小的房间里，两人已经走投无路，在社会的最底层来回挣扎。

然而，在如此凄惨的状况下，幸好还有一件事是幸运的，那就是当时正逢春季。这是一个只有穷人才知道的秘密——从冬末到夏初这段时间，穷人是可以赚大钱的。或者说，是可以体会到赚大钱的感觉的。之所以会这么说，是因为那些只有冬天才会用到的外套、内衣，甚至更过分的还有被褥、火盆之类的，都能送到典当行放进他们的仓库里。而我们这些人的状况就是，在这种气候所给予的恩惠下，不管明天会怎样，也不管月末要交的房租要从哪里抠出来，这些都不管，首先要做的是让自己先喘口气，松快一下。先去一趟一直没舍得去的澡堂，然后去理个发，到饭馆里豁出去点上一份刺身，再配上一壶酒什么的，来取代平时常点的味噌汤和咸菜。

某日，我泡得舒舒服服地从澡堂回来，一屁股坐在歪歪斜斜几乎快要塌掉的漆器桌前。一直一个人待在屋里的松村武，脸上带着略有些奇怪的兴奋问我：

"哎，这桌上的二钱铜币是你放的吗？从哪儿搞来的？"

"是我放的，刚才香烟铺找的零钱。"

"哪家香烟铺？"

"饭馆隔壁那家，有个老太婆，生意不怎么样的那个。"

"哦，是吗？"

这么说着，不知为何，松村陷入了深深的思虑之中，并且很是执拗地问我那枚二钱铜币的来历。

他问道："你去买烟的时候，还看见其他客人了吗?"

"好像没有吧。嗯,对,应该没有。那时那个老太婆正在打盹儿。"

听到这个回答,松村好像松了一口气。

"但是,那家香烟铺除了这老太婆之外还有什么人?这你知不知道?"

我和那个老太婆是好朋友。她那张不讨喜的脸倒是很符合我非同寻常的喜好。因此,我对那家香烟铺十分熟悉。"除了那个老太婆外,铺子里还有一个更不讨喜的老头儿。但话说回来,你问这些干什么?出什么事了?"

"没什么。"松村说道,"一点小事。对了,你要是很熟悉那家香烟铺的话,就再跟我多聊一聊吧。"

"嗯,好吧,说说也行。那老头儿和老太婆有个女儿。我偶尔见过一两次,长得倒是不难看,听说是嫁给了一个专门给监狱里供货的商人。好像曾经听老太婆说起过,她女婿日子过得不错,就是凭借他们寄过来的钱,那冷冷清清的香烟铺子才总算没有关门,一直撑到现在。"

就在我开始跟松村讲述自己所了解的关于香烟铺的事情的时候,让人吃惊的是,松村像是不想再听下去了似的,一下子站了起来。可明明是他先拜托我跟他多聊一聊的。就这样,松村站起来后,在并不宽敞的房间里晃过来晃过去，从这头走到那头，就像是一头关在动物园里的黑熊。

我俩平日里就随心所欲，在说话时突然站起来并不稀奇，而这时松村的态度，奇怪得让我说不出话来。就这样，松村在房间里走来走去，大约走了有30分钟。于是我沉默下来，只是好奇地盯着他看。这时候要是有人从旁边看到这幅情形的话，一定会认为我们都已经疯了。

看着看着，我的肚子叫了起来。刚好是晚饭时间，再加上刚泡了澡，尤其觉得饿。于是，我问还在疯狂踱步的松村要不要去吃饭，他回答道："对不住，你自己去吃吧。"我只好独自前往饭馆。

吃饱后，我从饭馆回来，看到松村武竟然叫了人来给他按摩。这人是我和松村武的发小、盲哑学校的年轻学徒，他正在给松村捏肩，不停地说着一些他们常聊的事。

"你别觉得我奢侈啊，这可是有原因的。算了，你别说话，先看着，回头你就知道是为什么了。"为了不让我责备他，松村先发制人地对我说道。

就在昨天，我们拼命说服典当行的掌柜，可以说是从他手里连抢带夺，总算拿到了二十几日元。可我们这仅有的二十几日元的共同财产，转眼就因为按摩损失了六十钱的寿命。在这个时候，这的确是一件非常非常奢侈的事。

看到松村这种不寻常的表现，我产生了某种无法言说的兴趣。于是，我坐在自己的书桌前，拿着一本从旧书店买来的话本，装作读得十分入迷。实际上，我却在偷偷地瞄着松村的一举一动。

按摩完后，松村坐到他的书桌前，好像在读着纸片上的什么东西，过了一会儿，他又从口袋中拿出一张纸片放到桌上。这张纸片特别薄，大小约两寸，可以看出一面写着密密麻麻的小字。看样子他正在认真研究这两张纸片。然后，他拿出一支铅笔，在报纸的空白处不停地涂涂写写。

就在松村做这些事的时候，街灯亮了，豆腐店的喇叭响彻整条大街，参加庙会的行人来来往往，荞麦面馆悲凉的唢呐声 也响了，不知不觉，天黑了下来。我沉默着铺好自己的床躺在上面，因为实在太无聊，只好把刚看过一遍的话本又拿到手里看了起来。

"你有没有东京地图？"突然，松村转向我问道。

"东京地图？没有。你去问问楼下的老板娘吧。"

"嗯，好吧。"他立刻站起来，沿着咯吱咯吱的楼梯下楼去了，没过多久便借来了一张满是折痕的东京地图。然后，他又坐在桌前继续他的研究。我看着他，越来越好奇他到底在做什么。

时钟已经响了九下。松村的研究貌似已经告一段落，他从桌前起身走到我的床边坐下，一副欲言又止的样子："你能不能给我十日元？"出于某种原因，我对松村这些让人不可思议的行为很感兴趣，这其中有些事我还没有跟诸位读者表明。因此，我立即拿出我们所有财产的一半，也就是十日元给了他，丝毫没有反抗。

松村一拿到这十日元，二话没说就穿上一件旧皮衣，戴上一顶皱巴巴的鸭舌帽默默出门去了。

屋里只剩下我一个人，我对松村在那之后的行动展开了无穷的想象，想着想着便窃笑起来，不知过了多久，便昏昏沉沉地睡着了。过了一段时间，也分不清是梦里还是现实，我隐约看见松村回来了，在那之后，我就什么都记不得了，一觉睡到第二天早上。

我一直睡到第二天十点才醒。醒来后，便被床边一个奇怪的东西吓到了。有个穿着条纹和服、系着角带、围着深蓝色围裙的商人模样的男子，背着一个小小的包袱站在我床前。

令人惊讶的是，这个男子竟以松村武的声音说道："你这是什么表情？是我啊！"我仔细一看，这男子确实是松村，但是穿着却和他平时完全不同，所以我愣了半天，不知道到底发生了什么事情。

我问他："出什么事了，背着个包袱？还有，你这是什么装扮？我还以为是哪里的老板来了。"

"嘘，嘘，小点儿声。"松村伸出两只手像是要阻止我说话，然后用很小的声音对我说，"我给你带了一些超级厉害的土特产呦。"

我被他奇怪的举动传染，不自觉地也压低声音问他："这么早，你去哪里了？"松村强压着笑意，但还是满脸笑容地凑到我耳边，用比刚才还小的声音说道："这包里，装着五万日元现金呢。"

下

没错，就是读者想的那样，松村武不知从哪里拿到了绅士盗贼隐藏的那五万日元。也就是说，如果他把这五万日元还给失窃的工厂的话，就可以得到五千日元的奖金。但松村却说他并不打算这么做。随后，他告诉了我理由。

他说，就这样直接把钱交给警察的话，不仅十分愚蠢，同时也非常危险。那些负责这起案件的警察花了一个多月四处搜寻也没找到这笔钱。即使我们就这样把钱藏在这里，又有谁会怀疑呢？对我们来说，五万日元不比五千日元更令人高兴吗？

比这更可怕的是那绅士盗贼的报复，这简直太恐怖了。绅士若是知道他不惜延长刑期也要保护的这笔钱被人拦路抢走了，他，这个在做坏事上可谓是天才的家伙是不会放过我们的。松村说起这些话的时候甚至可以说是用上了一种敬畏的口气——虽然就这样占有这笔钱很危险，但如果把这笔钱还给工厂经理领赏金的话，那么报纸上立刻就会出现松村武的名字。这不是故意告诉绅士盗贼他的仇人是谁吗？

松村说道："至少现在我打败了他，我打败了那个天才盗贼哟。这种时候，五万日元固然非常难得，可是这种胜利带来的快感则更加让我兴奋。我很聪明吧？至少比你聪明，你就承认了吧。带我发现这个惊天大秘密的，就是你昨天放在桌子上的那枚二钱铜币，也就是你买烟找回来的零钱。那个二钱铜币上有一个小秘密，你没有发现，而我发现了。然后，我仅仅通过这枚二钱铜币就找到了五万日元，五万！是一枚二钱铜币的二百五十万倍哦。这说明什么？这说明我比你更聪明！"

两个多少有点知识的青年生活在一间屋子里，进行关于智力的竞争，简直再常见不过了。我和松村武平日无事时经常进行论战。在专注争辩时，不知不觉已经天亮的情况也经常发生。我们互不相让，都主张自己更聪明。因此，松村凭借着立下的这一汗马功劳，来力证我们智力的高下之别。

"行了,别骄傲了,赶紧告诉我你是怎么把这笔钱弄到手的吧。"

"哎呀,别急。比起这个,我更想考虑这五万日元的用途。但为了满足你的好奇心,我就简单地给你讲一下吧。"

但是,松村这么说并不是为了满足我的好奇心,而是为了满足他想要证明自己更聪明的欲望。这些都暂且不论,随后,他逐渐说出了自己的一番苦心。我一点儿也不掩饰自己的目光,从被窝里抬起头来,一边看着他那得意扬扬动来动去的下颚,一边听他说道:

"昨天你去洗澡之后,我在摆弄那枚二钱铜币的时候,竟然发现沿着铜币的边缘有一圈凸起的痕迹。我就在想,这玩意儿真奇怪啊。正在我翻来覆去查看时,铜币一下子裂成了两半,吓了我一大跳。喏,你看,就是这个。"

他从桌子的抽屉中取出那枚二钱铜币,像打开宝丹①盒一样,上下转动了一下,把铜币打开了。

"这中间是空的,是一个用铜币做成的容器。你看

---

① 宝丹:一种呈红褐色的粉末状药物。1862年上市,用于治疗胃胀、头痛、恶心、眩晕等症状。

这个做工多精巧，乍一看，和普通铜币毫无差别。看到这个，我就想起之前听说过的一个故事。有个越狱能人曾经使用过一把锯子，据说那把锯子是在怀表的发条上磨出锯齿制成的，就像是小人岛里的软锯一样。锯子放在用两枚铜币打磨制作的盒子里。一旦有了这东西，无论多严密的牢房，都能锯断铁栅栏逃脱。听说这是从国外某个盗贼手里传过来的。我觉得这个二钱铜币应该也是不知道经历了些什么，从那些盗贼手里传出来的吧。但奇怪的事不止这一件，比起这个铜钱，更挑起我好奇心的是从中间掉出了一张纸片。你看，就是这个。"

这就是那张让松村研究了一晚上的又小又薄的纸片。在这张边长两寸左右的纸片上用很小的字，写着下面这样莫名其妙的东西：

陀、无弥佛、南无弥佛、阿陀佛、弥、无阿弥陀、无陀、弥、无弥陀佛、无陀、陀、南无陀佛、南无佛、陀、无阿弥陀、无陀、南佛、南陀、无弥、无阿弥陀佛、弥、南阿陀、无阿陀、南陀佛、南阿弥陀、阿陀、南弥、南无弥陀、无阿陀、南无弥陀、南弥、南无弥佛、无阿弥陀、南无陀、南无阿、阿陀佛、无阿弥、南阿、南阿佛、陀、南阿陀、南无、无弥佛、南弥佛、阿弥、弥、无弥陀佛、无陀、南无阿弥陀、阿陀佛、

"这像和尚说的梦话一样的东西到底是什么玩意儿？

刚开始，我以为这只是个恶作剧。一个痛改前非的盗贼或是其他什么人，为了赎罪写了这么多南无阿弥陀佛。而且还把它放在这个原本放着逃狱工具的铜币盒子里。可即便如此，他写的也并不是连续着的南无阿弥陀佛，这也太奇怪了。陀啊、无弥佛啊，虽说都是在南无阿弥陀佛这六个字的范围之内，但没有一个写全了的。有一个字的，也有四个字五个字的。所以我觉得这并不是一个单纯的恶作剧。"松村继续说道。

"就在那时，你洗完澡回来了。听到你的脚步声，我赶忙把纸和铜币藏了起来。我也不知道我为什么要把这两样东西藏起来，可能是我想自己独占这个秘密吧。也有可能是想着把所有的事情都搞清楚之后再告诉你，然后在你面前显摆一下。可是，就在你上楼的时候，我脑子里突然闪过一个念头，很是有趣。对，就是关于那个绅士盗贼的。虽然不知道他到底把那五万日元藏到了哪里，但是这笔钱他肯定不会不管，总不可能一直就那样等到他出狱吧。所以啊，他肯定是有一个同伙或是手下在帮他管理这个钱。我们假设一下，因为他是突然被捕的，那么他就没有时间告诉同伙钱藏在了哪里。这样的话，他在拘留所的这段时间里，肯定要跟外界联系。如果这张来历不明的纸，就是他们联系的内容的话……

"这个想法在我脑海里突然闪现。当然它只是个空想,但是又好像不完全是一个空想。所以我才一直追问你关于这枚铜币的来历,你不是告诉我香烟铺老太婆的女儿嫁给了为监狱供货的商人吗?被关在拘留所里的盗贼如果想要跟外界联系的话,最简单的方式就是通过这些供货商了。而且,如果他们的计划因为某种原因而发生意外的话,那封信就应该还在那供货商手里才对。如果不是阴差阳错被他老婆送到亲戚家,那还能怎么解释呢?啊!我已经陷进去了。

"那么,如果纸片上这些毫无意义的文字是一些暗号文字的话,那破解的关键是什么呢?我在屋子里走来走去,抓耳挠腮,可这实在是太难了。就算把所有的文字看过来看过去,也就只有南无阿弥陀佛这六个字和一个顿号而已。用这七个符号能拼出什么句子呢?

"之前,我多少对暗号文字有些研究。虽说不上是夏洛克·福尔摩斯,但我也知道一百六十种密码的书写方法。然后,我挨个回想了我所知道的暗号写法,努力寻找和这张纸片相似的暗号,可真是费了我好大功夫。就是你叫我去吃饭那会儿,我拒绝了你,在脑子里拼命思考。最后,我终于发现了两个比较相似的暗号。

"其中一个就是弗朗西斯·培根(FrancisBacon)发明

的培根密码。将a和b两个字母任意组合，可以拼出所有句子。比如说，我们要拼出fly这个单词，用培根密码就可以写成aabab、aabba、ababa。

"还有一个是查理一世王朝时期在政治上盛行使用的秘密文书。他们用一些数字代替阿拉伯字母。比如说……"

说着，松村在桌子的一角铺开一张纸，在上面写下了这样的东西：

ABCD……………………

1111111211211211……………………

"也就是说，这种方法就是把A标作1111，那么B就是1112。我就想，照这样我是不是也可以把伊吕波中的四十八个字母，都通过用南无阿弥陀佛这六个字来回组合的方式进行置换呢？

"那么，说到破译方法的问题，如果这是英语或是法语、德语的话，破译起来可能就像埃德加·艾伦·坡的作品《金甲虫》里面写的那样，只要找到e就可以，很简单。但是让人头疼的是，这是日语。为了慎重起见，我还是简单尝试了一下坡的破译方法，但没有用，根本解不开。事情到了这一步，我陷入了僵局。

"六个字的组合、六个字的组合，我思考着这个问题在房间里走来走去。我觉得六字组合这一点一定有什么暗示在里面。于是我就拼命地去想还有什么东西是六个的。

"就在我漫无目的胡思乱想着那些带有六字的东西的时候，突然，我想起来曾经在一本书上读到过真田幸村军旗上的标志——六连钱。这东西虽然和暗号没什么关系，但是我却不知为何嘴里一直念叨着'六连钱'。

"然后，然后哦，我突然灵光一现，有什么东西从我记忆里跑了出来。对呀，六连钱缩小了的样子，不就是盲人用的点字吗？我不禁大叫了一声'漂亮'，无论如何这可是价值五万日元的问题呢。

"因为我对点字不熟悉，只记得是由六个点组成的，所以我连忙叫来了盲人按摩师教我。你看，这就是师傅教给我的点字的基本表达方法。"

松村说完后，便从抽屉里拿出一张纸片，上面整齐地写着点字的五十音图，还有浊音、半浊音、拗音、促音、长音、数字等。

松村继续说道："现在，我们把南无阿弥陀佛六个字从左到右，三字一组分两行排列。南无阿弥陀佛的一个字就代表点字的一个点。这样的话，南就是点字的'a'，南无就是'i'，以此类推，这暗号就解出来了。喏，这就是昨天晚上奋战的结果。最上面一行就是将南无阿弥陀佛像盲文一样排列，中间那行是相对应的点字，最下面那行就是破译出来的结果了。"

说着，松村又拿出一张相似的纸片。

纸片上写着：

gokentyo-syo-jikido-karaomotyanosatuwouketoreuketori ninnonawadaikokuyasyo-ten。

松村接着说："翻译出来也就是说，从五轩町的正直堂领取玩具钞票，领取人的姓名是大黑屋商店。这个意思写得很明白。可是，为什么要去领玩具钞票呢？我又被难倒了。不过，这个谜团倒是很容易就解开了。于是，我便愈发地佩服这绅士盗贼，简直绝顶聪明，同时还具有小说家的才华。哎，你觉得呢，换成玩具钞票这一招难道不妙吗？

"我就是这样想象出来的。而且非常幸运的是，我的想象竟然完全正确。那绅士盗贼为了以防万一，肯定会把偷来的钱藏在最安全的地方。然而世上最安全有效的藏匿方法，就是隐而不藏。就是把它放在所有人眼前，但谁都发现不了。这才是最安全的。

"这个恐怖的家伙，竟然想到了这一点。当然这是我的想象，然后，那个家伙就想到了玩具钞票这样巧妙的主意。我觉得那正直堂大概就是印刷玩具钞票的店铺吧——当然我也猜对了，那家伙就以大黑屋的名义提前订制好了玩具钞票。

"最近听说和真钱毫无差别的玩具钞票在花街柳巷等地十分流行。不知道是谁说的。啊，对了，是你什么时候说的来着？那什么惊吓盒呀，盒里的虫子和实物毫无差别，还有用泥做的点心和水果、玩具蛇等等，就是那些风流人物吓唬女孩子用的东西。所以，那家伙预定了和真钱毫无差别的假钞票，根本不会被怀疑。

"做好了这些准备，那家伙就在偷了钱之后，悄悄地溜进印刷店，用偷来的真钞票替换了自己订制好的假钞票。这样一来，在订货人去取货之前，那天下通用的五万日元就会被当作玩具钞票，安全地放在印刷店的仓库里了。

"这可能只是我的想象。但很有可能是真的。不管怎样，我还是要去碰碰运气。我在地图上找到了五轩町后，便知道这笔钱被藏在了神田区。然后，终于到了要去领这笔钱的时候，却出现了一点困难。我不能留下痕迹让别人知道领钱的人是我。

"要是这事被人知道了，我都不知道那恶人会怎样报复，光想想就令胆小的我毛骨悚然了。总之，我不能让人看到我的样子。所以我就得进行一番装扮。我用你借给我的那十日元进行了从头到脚的装扮。你看，是个好主意吧？"

说着，松村给我看了看他那整齐的门牙。在这之前我就已经注意到里面有一颗金牙，他得意扬扬地用指尖把金牙取下，递到我眼前。

"这是在夜市售卖的铁皮镀金的那种牙。只要往牙上一套就可以了。没想到仅仅二十钱的东西却起了大作用。镶金牙的人肯定会引起别人的注意。所以日后若是有人想追查我的下落，肯定会以这颗金牙为线索。我准备好了之后，今天早上便去了五轩町。唯一担心的就是提取玩具钞票时要不要付钱。为了防止别人取走这笔钱，我觉得那盗贼肯定已经支付了定金。要是他没付钱，我就得付二三十日元呢，可我哪有那么多钱啊！算了，到时候还是蒙混过去吧，于是我便前往印刷店——果然，印刷店根本没提钱的事，直接把东西给了我。就这样，我得到了这五万日元。……好了，我们可以说说用途了，怎么样，想好要怎么花了吗？"

松村这么兴奋，这么滔滔不绝的样子可太少见了。我深切地感受到了这五万日元的伟大力量并为之惊叹。我刻意没有每次都去形容他的样子，但是松村在讲述他这段煞费苦心的行动时所表露出来的狂喜模样，真是太值得一看了。他竭力想要去掩饰自己不怎么文雅的面部表情，但不管再怎么控制，还是无法隐藏那种从心底涌出的难以言喻的开心的笑容。

他在说话的同时，脸上不时地露出的那种无法形容的带着疯狂意味的笑容，在我看来更为神奇。然而，据说过去有位贫穷的人因中了一千两彩票而发狂，因此松村为五万日元狂喜也并非毫无道理。

我希望他能将这份喜悦永远保持下去。我为松村祈祷着。

可是，面对事实我也无可奈何，便忍不住爆笑了起来。我告诫自己不要笑，可我心中那个喜欢恶作剧的恶魔却不停地抓挠我，让我讲出事实。我提高了声音，以一副在看最搞笑闹剧的样子笑着。

松村愣住了，看着狂笑的我。然后，他一脸莫名其妙地问道："你，怎么了？"

我终于忍住了笑，回答道："你的想象力实在太出色了。竟然干了这么大一件事情。我肯定会加倍地敬重你的智慧。就像你说的那样，比聪明我是比不过你。可是，你真的相信现实有这么美好吗？"

松村没有接话,只是用一种异样的表情盯着我。

"换种说法吧。你,真的以为那绅士盗贼有这么聪明?你的想象作为小说来说十分完美。可是,现实生活要比小说实际多了。要是写小说的话,我倒是希望你能注意几点。那就是这篇暗号文应该还有其他的破译方式。我的意思是说,你破译的这些东西,应该还有第二种破译方法。比如说,这句话能不能每八个字读一下呢?"

我这样说着,在松村解读的译文上做了一些记号,就像这样:

gokentyo-syo-zikido-karaomotyanosatuwouketoreuketorininnonahadaikokuyasyo-ten

"GOJYOUDAN。你,'开玩笑'?这什么意思?哎,这难道只是个巧合?难道是谁的恶作剧吗?"

松村二话不说站了起来。然后,他把自己坚定地认为装着五万日元的包裹拿到我面前。"但是,这个要怎么说,这可是事实,小说可没法变出真的五万日元。"

他的声音里带着一种仿佛决斗时才会有的郑重。我有些恐惧,并且开始后悔自己这个原本只是想开个小玩笑的恶作剧竟然带来了一个预料之外的大结局。

"我太对不起你了,你一定要原谅我。你那么小心翼翼带回来的,其实都是玩具钞票。不信的话,你打开来好好看看。"

松村伸出手来,姿势很奇怪,就像想要在黑暗中摸索什么东西似的,看到他这样,我越发地过意不去——他花了很长时间才打开包袱。包里有两个四方形的包裹,用报纸仔细地包着。其中一张报纸破了,露出了里面的东西。

"我途中打开过包裹,亲眼确认过!"松村说道。他的声音像是被什么卡住了一般,但还是继续把剩下的报纸全部拿开了。

那是一堆像极了真钞的假货。粗略一看,所有地方都和真钞一模一样。可仔细一看的话,这些纸币的表面印刷的不是"圆"字,而是大大的"團"字。不是二十圆、十圆,而是二十團、十團。

松村不相信,一次又一次地检查着。在反复检查的过程中,他脸上的笑意逐渐消失了,最后,只剩下深深的沉默。我心里满是歉意。我向松村解释自己玩过了头的恶作剧。可松村却像没听到一样,整整一天,他就像一个哑巴,一句话也没有说。

故事到这里就结束了。但为了满足大家的好奇心,我必须对自己的恶作剧进行一点解释说明。

正直堂那个印刷店实际上是我一个远房亲戚开的。有一天，我实在走投无路，迫不得已又想起了我这个远房亲戚，我平时就从他那里借钱，但一再拖欠老不还给人家。那天，我就想着不管怎样只要能弄到钱就行，所以虽然不想去但还是久违地溜达到了那里——当然松村并不知道这件事——结果和我想的一样，借钱失败了，可没料到，我无意间看到了那些和真钞毫无差别的玩具钞票。而且我还听说，这是大黑屋一个老客户订购的东西。

我当时想，可以把这个发现和我们每天谈论的那个绅士盗贼的事情连到一起，搞出一个骗局来。于是我就想出了这么一个无聊的恶作剧。这其实也是因为，我跟松村一样，平时一心想着要找到各种素材来证明自己比对方更聪明。

那生硬的暗号文自然是我写出来的。不过，并不是因为我像松村那样通晓国外的密码暗号史，而只是我念头一转刚好想到而已……香烟铺老板的女儿嫁给监狱供货商人这件事也是我瞎编的。更何况，那家香烟铺老板到底有没有女儿都值得怀疑。

但是，在这场骗局当中，我最担心的并不是这些戏剧性的场面，而是最现实，但是从整体来看又极其琐碎，还带点滑稽色彩的一件事。那就是，我看到的那些玩具钞票能否在松村去取之前一直放在那里而不被投递出去呢。

至于买这些玩具钞票所需的钱款我倒是一点也不担心，这是因为我亲戚和大黑屋之间采用的是延期交易，而且更妙的是，正直堂的经营方式极为原始、散漫，所以就算松村手里没有拿着大黑屋的收据，这个计划也不会失败。

最后，关于那枚二钱铜币，也就是这个骗局的出发点，很遗憾，我无法在这里给大家进行更详尽的说明。因为如果我写得不对，说不定会给把钱给我的那个人带来麻烦。各位读者就当我是偶然得到的好了。

红色房间

为了追求不同寻常的刺激而聚到一起的七个装腔作势的男人（我也是其中之一），此时正围坐在一间专门为此量身定做的红色房间里。七个人深深地偎进被深红色天鹅绒包裹着的扶手椅，迫不及待地等着今晚的讲述人为他们带来奇特的故事。

　　在七个人中间，是一张跟扶手椅一样被深红色天鹅绒覆盖着的大圆桌。桌上摆放着一个仿古雕刻的烛台，上面点着三支蜡烛，燃烧着的火苗正忽悠忽悠地来回晃动。

　　房间的四壁上，严严实实地挂满了沉甸甸的鲜红帷幔，连门和窗户上都没有落下。这红色的帷幔打着一层层的褶子，从房顶一直垂到地面上。带有梦幻色彩的烛光，仿佛刚从静脉流出的鲜血一般，将我们七个人大得有些异样的影子投射在了乌黑乌黑的帷幔上。烛光闪闪烁烁，我们的影子就像七只巨大的虫子，在帷幔起伏着的褶皱中，忽长忽短地蠕动着。

跟往常一样，这个房间总让我感觉自己像是坐在一个巨大生物的心脏里。我甚至能感受到跟它巨大的身躯相匹配的缓慢的咚咚跳动着的声音。

没有人说话。我透过烛光，无意识地盯着坐在我对面的人的脸看来看去。他们的脸上红黑不定，布满阴影，看上去竟然像是能剧的面具一样，没有表情，也没有任何变化。实在太不可思议了。

很快，被指定为今晚讲述者的T氏——一名刚入会的新人，坐在椅子上，两眼紧盯着面前的烛火，开始了自己的讲述。飘忽不定的光影，让他的下巴看起来就像是一副骨骼。每当他张嘴说话的时候才会上下活动几下……我看着他就像是看着一个奇怪的机械人偶。

我觉得自己是个正常人。周围的人也待我跟常人一样。但我到底正常不正常谁知道呢？说不定我是一个疯子。就算没那么严重，也有可能是一个精神病患者什么的。总之，对我来讲，这个世界已经无趣到不可思议的地步了。活着，简直无聊透顶。

一开始，我也曾经像正常人一样试着沉湎于各类声色犬马之中，但是没有哪一样能安慰我这与生俱来的无聊感。相反，这让我怀疑这个世界上是不是已经没有更有趣的事了，也让我更加无聊，心里满是失望。于是，慢慢地，我懒得做任何事，例如，当听到"这个很有意思，你肯定会喜欢的"这样的话，一般人可能会想"哦哦，原来还有这种东西啊"，不免兴致勃勃地赶紧去试试看。而我正好相反，会先在脑子里想象一番，一番想象过后，便觉得并没有什么意思，还会在心里嗤一声："切，这也没什么意思嘛。"

就这样，我每天除了吃就是睡，真的什么都不做，只在脑海里翻腾着各式各样的空想，觉得这个也无聊，那个也无趣，总是一味地不断贬低着这些想法，活得简直比死还难受。尽管如此，在周围人眼里我过的却是一种无比安逸的生活。

说到这个，如果我现在穷困潦倒为生活所迫的话，说不定会好一些。比如我会不得不出去工作，总归是有事情干，那倒也幸福了。或者说，如果我是一个超级大富翁，那就更好了。我就可以用那些钱，要么学历史上的暴君们大大地奢侈一把，要么玩一些血腥的游戏，或是沉迷在其他各种各样的享受当中。当然这只是我无法实现的愿望。

于是，我只能像民间故事里的物臭太郎一样，把这种生不如死、无聊透顶的日子一直过下去。

我说这些话，诸位肯定会说："是啊，是啊。但是在对世间的事感到无聊这一点上，我们绝不会逊色于你。所以才会成立这样的俱乐部，想方设法追求非同寻常的刺激啊。你不也是因为实在觉得无聊，所以才加入我们当中的嘛。所以说，不用你说我们也知道你有多无聊了。"的确如此，我根本没必要在这里跟大家啰啰唆唆地做这些无聊的解释。而且正因为我知道诸位非常了解这种无聊到底是怎么回事，所以我才决定在今晚来到这里，把自己古怪的经历讲出来。

我经常出入楼下这家餐厅，自然与这里的老板关系很好，关于这个"红色房间"聚会的事情我很早以前就知道了。不仅如此，我甚至还不止一次地接到过入会的邀请。但是，像我这样应该二话不说立刻就会扑上来的无聊的人，却直到今天才入会，理由是什么呢？说出来可能会有些失礼，因为我啊，是连在座的诸位都无法比肩的一个已经无趣到极点的人。对，其实是因为我无聊过了头。

那些罪犯和侦探的游戏啦，降灵术之类的灵异体验啦，或是拿一些春宫图来进行观摩实践之类的官能性游戏……还有去参观监狱参观精神病院甚至是去参观解剖室……唉，对这种东西还能那么感兴趣，诸位可真是幸福。我还听说你们正准备要去偷看执行死刑，说实话就连这件事也无法让我感到惊讶。

当然这也是有原因的。我从老板口中听到这件事的时候，我不仅只是已经厌倦了这种稀松平常的刺激，更重要的是我发现了一个非常精彩的游戏。这样说它让我有些莫名的恐惧，但是这是一个对我来说可以称之为游戏的东西。而我当时已经完全沉浸在了对它的期待当中。

这个游戏乍一说起来诸位可能会吓一跳。我说的是杀人。真正的杀人。而且，从我发现这个游戏到现在，我已经夺去了男男女女甚至还有孩子，加起来将近100个人的命。而理由只是为了拯救自己的无聊。说到这里，诸位肯定会以为我今天来这里是为了悔悟自己犯下的罪恶，是来忏悔的。可惜并不是。我根本没有丝毫的悔悟，也并不恐惧自己犯下的罪行。不仅如此，唉，怎么跟你们说呢，其实到了最近，我甚至连杀人这么血腥的刺激都已经开始厌倦。于是，我不再杀人了，而是做了一件类似于杀死我自己的事——我开始沉迷于吸食鸦片。果然事情发展到这个地步，即便是我也有点舍不得死了，于是我再三忍住想要抽鸦片的欲望。但是既然已经连杀人都开始觉得厌倦的话，那剩下的能让我感到刺激的事情不就只有自杀了吗？

我应该很快就会因为吸食鸦片中毒而死吧。想到这些，我就想趁着还能清楚表达的时候，把自己做下的事情告诉什么人。而最合适的人选不就是红色房间里在座的各位吗？

事情就是这样。我申请成为会员并不是想要成为你们中的一员，只是想诸位听一听我奇特的经历。还好幸运的是，按照规定，新入会的成员必须在入会的第一天晚上讲述一些符合聚会主题的内容。所以今天晚上我才得到这个机会来实现自己的愿望。

那是大约三年前的事了。那时的我，就像刚才跟大家说的一样，厌倦了所有的刺激，感觉活着没有任何意义，就如同一只名为无聊的动物，每天都过得浑浑噩噩。但是那年春天，虽说是春天，但我记得当时还很冷，所以大概是二月末或三月初吧，有一天晚上，我遇见了一件奇怪的事情。而这件事则成为我后来夺走将近一百个人生命的动机所在。

那天晚上我不知在哪里熬到了很晚，差不多一点了吧。我有些醉了。虽然夜里很冷，但我没打车，一个人摇摇晃晃朝家走去，我家就在拐过小巷的那条街上。在小巷的拐弯处，没有任何预兆地，我与一名慌慌张张略显狼狈的男子迎头撞到了一起。我吓了一跳，男子更是露出一副惊慌的神色，站在原地半天没有出声。他借着街头昏黄的灯光看清楚我的样子后，突然张口问道："这附近有没有医生？"仔细问过后我才知道男子是一位汽车司机，就在刚才撞倒了路边的一位老人（大半夜一个人晃荡，估计多半是流浪汉），老人受了重伤。果然，在四五米远的地方停着一辆车，车旁倒着一个人，正在痛苦地呻吟着。这儿离警察岗亭又远，再加上老人伤势严重，所以司机肯定想着不管怎样先要找到一名医生。

刚好是我家附近，我对周边非常熟悉，所以很快就将医院的地址以及怎么去告诉了他："从这里往左走200米左右，左手边一家亮着红灯的便是M医院。到医院后敲门叫醒值班医生就可以了。"

于是，司机立刻找了帮手，把受伤的老人抬起来向着M医院去了。我目送他们离开，直到他们的身影消失在夜色中。跟这种事情扯上关系也是无趣，所以我很快就回到了家。我是一个单身汉，回到家就一头扎在帮佣的阿婆给我铺好的床上，可能是喝了酒的缘故，没过多久便睡着了。

实际上这也不算什么事。如果我就那样把它忘记了的话，这件事就到此为止了。可是，当我第二天早上睁开眼睛的时候，我竟然还记得前一天晚上发生的这件小事。并且开始思考一些无所谓的事情，比如那个受伤的人到底有没有抢救过来什么的。这时候，我突然注意到一件很奇怪的事情。

"天哪！我犯了个大错！"

我惊呆了！虽说当时我有些醉了，但正常的判断力应该还是有的。可我到底做了什么？！我为什么会让司机将老人送往M医院呢？

"从这里往左走200米左右，左手边一家亮着红灯的便是……"我清楚地记得我当时说的话，可我为什么没有告诉他从这里往右走一百米左右有家K医院，医院里有专门的外科医生呢？

我告诉他的M医院，其实是一家不入流的医院，里面的医生医术拙劣，能否进行外科手术都让人怀疑。而在M医院的反方向那边不是有一家距离更近、设备精良的K外科医院吗？这点我非常清楚。可我明明知道，却为什么告诉他一个错误的信息呢？至今我都不明白我当时是出于什么样的心理。估计也只能说是当时没想起来吧。

我心里愈发放不下，于是就装作若无其事地跟老阿婆打听附近有没有出什么闲话。打听到的结果就是那个受伤的老人多半是死在了M医院的急诊室里了。本来，不管是哪儿的医生，都或多或少还是有点嫌弃受了重伤被抬进来的患者，更何况是半夜一点钟！

听说他们在M医院敲门敲了很久，里面的人磨磨叽叽的，就是不开门。估计等到后来终于把人抬进去的时候，一切已经为时已晚。但是如果那时候M医院的医生能指点上一句"我不是外科医生，你们把他抬到旁边的K医院去吧"，估计病人也不会死。唉，真是太荒谬了，他竟然打算自己来救治那名重伤员，结果可想而知。据说当时那个M医生手忙脚乱，让受伤的老人受了很多不该受的苦。

我听到这些，心里不由得升起一种奇怪的感觉。

在这种情况下，到底是谁杀死了这个可怜的老人？不用说，汽车司机和主治大夫M都有着不可推卸的责任，若依据法律进行处罚的话，那也是对汽车司机的过失进行处罚。可事实上，需承担最多责任的难道不应是我吗？如果当时我告诉司机的不是M医院，而是K医院的话，毫无疑问那个伤者就得救了。司机只是撞伤了老人，并未杀死他。而M医生只是因为技术不行，最后搞砸了，所以也不应该受到苛责。就算医生也有责任，但归根结底最不对的还是我指点他们去了错误的医院。也就是说，当时老人是死是活，最终取决于我当时的指引。所以，把老人撞伤的是汽车司机，但害他至死的难道不是我吗？

上面说的这种情形，它的前提就是我的指引只是一个偶然发生的错误。但如果那并不是什么错误，而是我有意为之的话，又会是一种什么情形呢？不用说，那我不就是真正意义上的杀人犯了吗？不过，即使法律会惩罚那个司机，但对我这个事实上的杀人犯是不会产生任何怀疑的。为什么这么说呢？因为我和死去的老人没有任何关系，即使怀疑我，我也可以说当时忘了还有另一个外科医院存在。这完全是一个人的内心如何去做的问题。

各位，在座的各位，大家曾想到过这样的杀人方法吗？我也是在那次的交通事故后开始思考这个问题的。想想看，我们这个世界是一个多么险恶的地方。谁也不知道自己哪一天会不会碰到像我这样的男人，在没有任何理由的情况下故意告诉你一个完全不对路的医生，然后就这样抹杀一条生命。而这条生命本可以不死，如果我不这么做的话。

这是我在后来真正实践并取得成功的一个案例。有一个乡下来的老太婆打算横穿铁道，彼时她的一只脚已经迈上了铁轨。当然那个时候围绕着她的不只是电车，同时还有汽车自行车马车人力车等等，交织在一起。那个老太婆一定感觉十分混乱。假设在她一脚踏上铁轨的瞬间，有一辆火车疾驰而来，离她左右只有两三百米的距离了。这时候，如果老太婆没有发现电车，就那样穿过铁道向前走的话，也就不会发生什么事了。但是如果此时要是有谁突然大喊一声"老太婆危险！"，那她肯定会慌张起来。是继续往前走，还是后退一步回去，她肯定要犹豫一段时间。再假设那辆火车终因距离太近无法及时刹车，那么，就一句"老太婆危险！"岂不就成了害她受伤，甚至是丧命的罪魁祸首了吗？如同我刚才所说，我就是用这个方法杀死了一个乡巴佬。

T氏在这里停顿了一下，露出了一个让人毛骨悚然的笑容。

在当时那种情况下，大喊一声"危险！"的我显然是杀人犯，但是有谁会怀疑我呢？又有谁会想到，世界上居然会有我这样的人！仅仅是因为对杀人感兴趣，便杀死素不相识也未曾有过仇恨的人。再说"危险"这个词，无论怎么解释，都只能认为对方是出于好意提醒而已。所以从表面上来看，死者只能感谢我，而找不到任何怨恨我的理由。诸位，这是多么安全的杀人方法呀！

只要做了坏事就一定会触犯法律，然后受到相应的制裁。世人大多相信如此，并愚蠢地以此安然度世。没有人相信法律会放过一个杀人犯。可是，事实又是如何呢？想想我刚才跟诸位说到的两个案例，完全可以推断出一个结果。那就是像这样根本不会触碰法律边缘的杀人方法其实数不胜数。当我意识到这件事，我并未因为人世间的可怕而感到恐惧，反而对造物主竟然为我们留下了些许犯罪空间而庆幸不已。我为自己的这个发现欣喜若狂。这真是太了不起了。只要用好这个方法，在这个大正盛世岂不是只有我可以做到随意杀人了吗？

于是我通过这种杀人途径，找到了排遣我那让人窒息的无聊的好方法。一个绝对不会触犯法律的杀人方法，就算是夏洛克·福尔摩斯也找不出任何破绽的杀人方法，这是一个多么完美的让人从浑浑噩噩中瞬间清醒的好方法啊！之后的三年里，我沉迷于杀人无法自拔，不知不觉中，竟将"无聊"忘得一干二净。说出来诸位不要笑。我想起了战国时期那些豪杰的"百人斩"，当然我不是打算真的斩杀一百个人。但是我下定决心，在我真正夺去一百条性命之前绝不中途停止自己的杀人计划。

三个月前，我的计划正好完成到了第九十九个人。在最后只剩下一个人的时候，我就如同先前所说的，对自己的杀人计划已然厌倦了。关于厌倦的事情我们暂且放下不提。我想先跟诸位聊一聊我是如何杀死了那九十九个人的。其实，这九十九个人与我没有任何的个人恩怨，我也只是对那些不为人知的杀人方法和结果感兴趣而已。我不会重复使用同一个杀人方法，每杀完一个人，我都会绞尽脑汁思考下次用什么新办法，思考新办法的过程也是我的乐趣之一。

但是，今晚在这里我没有时间把自己做下的九十九个完全不同的杀人事件逐一说给诸位听。况且，我来这里，也并不是为了向诸位坦白自己的各种杀人方法。我是想将自己不正常的心理说出来让诸位做个评判的。我犯下如此穷凶极恶的罪行，是为了逃避自己的无聊。但我也已厌倦了这样的罪行，现在竟然打算杀死我自己……关于我杀人的方法，我想在这里先给诸位举上两三个例子。

那是发现了这个方法不久之后的事。在我家附近，有一个按摩师，可能因为身患残疾，所以非常固执。对于别人的善意提醒，他总是往坏的方面猜测，一副"别以为我眼睛看不见，就可以把我当傻子！我心里可都明白着呢！"的样子，别人说的话，他必定会反其道而行之。真不是一般的固执。

记得那天，我走在大街上，远远地看见这位顽固的按摩师从对面走来。他神气活现地把盲人杖搭在肩膀上，一晃一晃地在街上走。刚好市里从昨天开始修下水道，在街道的一侧挖了个深坑，可惜他是一个盲人，看不到路边那块写着"禁止通行"的告示牌，所以他什么也不知道，依旧慢悠悠地走在那个深坑旁边。

见此，我突然想到一个绝妙的好主意。于是我叫着这位按摩师的名字（因为经常去他那儿按摩，所以彼此认识），大声喊道："N先生，那边危险，往左走，往左走呀。"

我故意用戏谑的语气对他喊道。之所以这么做，是因为按照他平日里的行事，肯定会往歪里想，觉得我是在戏弄他。所以我想他一定不会往左走，肯定会故意往右走。果然不出所料！

"哎嘿嘿……净开玩笑。"他一边装腔作势地回答着我，一边即刻向相反的方向，也就是向右方挪动了两三步，结果立刻就一脚踩空，掉进了足足有三四米深的下水道的深坑里。我做出一副被吓到了的样子，立刻跑到深坑边上。

成功了吗？我探头一看，可能因为撞到了要害，只见他有气无力地躺在坑底。大概是撞到了坑边上凸起的石头，从他剃着短发的头上，正源源不断地往外冒着红黑色的血。并且，看着像是舌头被咬断了似的，从他的口鼻里也往外冒着鲜血。他的脸色已经发青，甚至连一声呻吟都听不到。

就这样，这位按摩师在勉强撑了一星期后，离开了人世。我的计划非常成功，怎么可能有人怀疑我呢？！平日里，我经常照顾这位按摩师的生意，和他也没有任何的个人恩怨，根本就不存在杀人的动机，而且，我是为了让他避开街道右侧的那个深坑才让他往左走的，我是出于一番好意！根本就不会有人想到，我好意提醒的背后蕴藏着杀意！

啊，这是多么惊心动魄又让人乐在其中的游戏啊！每当我想出一个巧妙的杀人计划时感受到的那种可以匹敌艺术家的欢喜，以及那种当我实施计划时的紧张与期待，还有当自己达到目的时的那种无以言表的满足，再加上那些被我牺牲掉了的男男女女，即便杀人犯就站在他们面前，他们也一无所知，只能浑身沾满鲜血地痛苦狂躁着迎来死亡……在最初的那段时间里，这一切都让我乐此不疲，欲罢不能。

之后，又发生了这样一件事。那是夏天一个阴云密布的日子，我正走在郊外的一处被称为文化村的地方。那里稀稀落落地排列着十几套西式洋房。当我刚好经过其中最为气派的一处混凝土建造的洋房后面的时候，突然看到了一件奇妙的事情。一只麻雀擦着我的鼻尖迅速地飞过，然后停在从那栋洋房的屋顶一直拉到地面的一根铁丝上。可它刚刚停下，就突然一下子被弹了回来，掉在地上，就那样死掉了。

怎么会有这么奇怪的事情？我仔细一看才发现，原来那根铁丝是从立在那家洋房尖顶上的避雷针那里接下来的。当然这根铁丝原本是包着绝缘层的，但不知为何，刚好麻雀停下来的那部分绝缘层已经剥落了。我对电一窍不通，但记得在哪儿听说过，由于大气中的放电现象，连接避雷针的铁丝中会存有大量的电流。原来如此。我头一回碰见这种事，觉得新鲜，所以就站在那儿望着那根铁丝出神。

这时，一群好像玩着士兵游戏的小孩，叽叽喳喳地从洋房的侧面走了出来。其中有一个六七岁模样的小男孩，其他小孩都走到对面去了，只有他一个人落在了后面。只见他站在铁丝跟前的坡上，撩起衣服开始撒尿。见此，我又想到了一个妙计。我初中的时候学过水是导电体，而小便中大部分是水，所以肯定也是导电体。但从孩子站着的位置来看，是不可能尿到裸露在空气中的铁丝上的。

于是我走上前对那个孩子说："我说小朋友，你往那个铁丝上试着尿尿看。你尿得上去吗？"

小孩子听到我的话，不服气地说："这也太简单了，不信你看！"

他说完这句话，换了个姿势，对准裸露在空气当中的铁丝就尿了上去。接着，就在他的尿即将碰到铁丝上的时候，真是太可怕了，只见那个小孩儿噌地往上弹跳了一下，然后便啪嚓一声倒在了地面上。后来听说，很少见避雷针中有这么强的电流，这也是我自打出生以来，第一次见到有人被电死。

在这件事情上，我自然也根本不用担心自己会受到怀疑。我只需对抱着孩子尸体痛哭的母亲说上几句"节哀顺变""人死不能复生"之类安慰的话，然后离开就好了。

还有一件事也发生在夏天。这次我准备下手的人是我的朋友，但是我跟他之间没有任何个人恩怨。他是我多年的好朋友，我们关系非常好。可正是因为如此，我只要在心里存有强烈的欲望，一边笑着一边在瞬间夺去他的生命就好。

我和他一起去房州一个偏僻的小渔村避暑，当然，这里并不是海滨浴场，海边也就几个晒得黝黑的小屁孩在闹腾。从城市里来的人，除了我们两个，还有几个来写生的学生，他们也不去海里游泳，只是拿着写生本在海边转来转去。

这里并不像那些著名的海滨浴场，能够看到都市少女们的曼妙身姿，住的地方也近似东京那种廉价的小旅馆。说到吃的就更是……除了刺身，别的就没有什么能咽下去的东西。真的是一个极其偏僻、生活不便的地方！而我的那位朋友，心态跟我完全不一样，他喜欢在这样一个乡土气息浓厚的地方，慢慢品味生活的孤独。而我一直没能找到可以下手的机会，心里着急不已，所以不得不在这个渔村待上好几天。

有一天，我把朋友带到一个离海边渔村很远、有一处断崖的地方。到地方后，我一边脱衣服一边对他说："这是跳水的好地方。"因为他也会游泳，所以他一边应和我说"这样啊，不错不错"，一边脱去了自己的衣服。

于是，我站在悬崖边上，两手笔直地伸向头顶，大声地喊着"一、二、三"，然后高高跳起，画出了一个漂亮的弧线，一头扎进了面前的海里。

扑通一声，当身体乍一接触水面，立刻开启胸腹式呼吸，然后切开水面，只需潜入两三尺，就立刻像飞鱼一样向侧方横划出水面，这才是跳水的精髓。我从小就擅长游泳，所以跳水对我来说是小菜一碟。游到距离岸边大约25米远的地方，我探出头来，一边踩着水直立着身体，一边用手抹掉脸上的海水，对朋友大声喊道："你也跳下来吧！"

于是我的这位好朋友毫无察觉地答应了一声，就用相同的姿势猛地一跃，跟随着我跳进了海里。

他扎进水里时激起了很大的水花，但是过了好一会儿，我还是没有看到他的身影……果然和我预期的一样！

他跳入的那片海里,在离海面大概30厘米的地方,有一块巨大的石头。我提前探索到了这块石头的位置,因为我知道以他的跳水水平,肯定会潜入30厘米以上,所以他的头肯定会撞在那块石头上。想必你们也知道,跳水的技巧越好,潜入海里的程度就越浅。对于跳水,我已经十分熟练了,所以在撞到石头之前,我就已经游到旁边的海域然后浮出水面了。而朋友在跳水方面还是个门外汉,他直直地冲入海里,一定是头撞到石头上了。

果然,又过了一会儿,他像死了的金枪鱼一样漂在了海面上,随着波浪起伏。不用说,他肯定是昏厥过去了。

我抱着他游到岸边,然后径直跑回村子,将此事告诉了旅店的老板。于是没有出海的渔夫们都赶来帮忙照看他,但因严重撞伤大脑,他已经没有生还的希望了。我看了看,只见他的头顶被撞开了五六寸的一个大口子,白色的肉向上翻着,放置头部的地面上,有一摊已经凝固成红黑色的血。

前前后后,我只受过两次警察的审讯,一次是在事发现场。因为事发现场没有目击证人,我接受审讯也是理所当然的事。但是,我和他是好朋友,又从未发生过争执,而且,从当时的情况来看,我和他都不知道海底有石块,我之所以脱离险境也仅是因为我擅长游泳,而非常不幸的是，朋友却不擅长游泳，所以才会发生这样的事情。事情的经过明明白白，所以我的嫌疑也就解除了。不仅如此，甚至还有警察跑过来安慰我说："好朋友没了，你心里肯定不好受吧。"

哎呀，要是这样子把我做过的事情一件件说给诸位听的话就没完没了了。差不多都是这个样子。听了这么多，诸位应该也大致明了我所谓的不碰触法律的杀人方法为何物了吧。有时，我会混在马戏团的观众中，突然做出一种在这里不太好意思描述给大家听的怪异的动作来吸引正在高处走钢丝的女杂技表演者的注意，使她从高处坠落。有时，在火灾现场，对着一个疯狂寻找自己孩子的夫人说："你听，孩子在哭呢。"暗示她孩子还在自己家中。于是孩子母亲便会奋不顾身地冲进火海里，然后被大火烧死。还有时，我会从准备投河自尽的姑娘后面，突然发疯似的大喊一声"等等！"，姑娘因突然受到惊吓，一不留神便掉入河中。如果我没这么做，说不定那姑娘想通了，也就不跳了。这样的事情实在太多了，说起来就没个头了。夜已经很深了，我想大家也不想再听这么残忍的故事了，最后，我就讲一个跟前面不一样的吧。

到现在为止，我讲的所有的事情，看上去好像我每次都只能杀死一个人。其实有很多次都不是这样的。不然，我怎么可能在不到三年的时间里，且在不触犯法律的情况下，干掉九十九个人呢。其中，人数最多的一次是在去年春天。我想大家一定在当时的新闻报道中看到过，就是中央线列车脱轨导致很多人死伤的那次，那是我干的。

虽然方法不是很难，但找一个合适的地方却相当费功夫。不过一定要在中央线的沿线上是一开始就决定了的。不仅是因为这条线处在最方便我实施计划的山路部分，也因为这条线平时就经常发生事故，即便是在这里翻车，人们也只会感叹一句"又发生事故了"什么的，并不会像其他线那样引人注目。这对我比较有利。

话虽如此，要想找到一个理想的地点却相当不容易。最终，当我决定在离M车站不远的一处山崖那里实施计划的时候，已经过去了整整一周的时间。M车站附近有一处温泉，我住在那儿的一家旅馆中，每天泡泡温泉、散散步，尽量将自己伪装成来泡温泉疗养的客人，因此又不得不再浪费十多天。估摸着差不多是时候了，那天我像往常一样去那一带的山路散步。

然后，我到达距离旅馆大约半里路的一个略高的山崖顶端，就一直待在那里等待天黑。

我所在的悬崖的正下方，铁路正好在那里拐了一个弯。而隔着铁路线的另一边，则跟这边完全相反，是深不可测的深谷。模模糊糊可以看到深谷底部有一条河正在流淌。

过了一会儿，事先算好的时间到了。虽然没有任何人能够看到我，但我还是故意装出一副差点儿跌倒的样子，顺势将自己事先找好的一块大石头踢了出去。这块石头放的位置刚刚好，从悬崖上稍微一踢就能正好落在下面的铁轨上。我还想着如果一次不中我就多踢几块石头试试，结果没想到一次就成功了。这块石头正好落在两根铁轨当中的一根上。

半个小时后，下行列车就会经过这条轨道。当时天已经全黑了，石头又在轨道拐弯处的前方位置，所以司机是不可能注意到的。鉴于此，我急急忙忙返回M站（因为是半里左右的山路，所以花了30多分钟），跑进站长办公室，慌慌张张地喊道："不好了！"

我一脸担心地对站长说："我是来这里泡温泉疗养的人，我原本在离这里半里左右沿着轨道的山路上散步，打算从坡上跑下来的时候，不小心将一块石头踢下去落在了轨道上。如果有列车经过的话一定会脱轨。弄不好的话，列车有可能会掉到山谷里去。为了拿掉那块石头，我走了好久。但因为对那附近不熟悉，我怎么也找不到从山崖走下去的路。我觉得与其自己毫无头绪地瞎找，还不如跑到这里来寻求你们的帮助。能不能麻烦您赶紧把那块石块挪开呢？"

听我说完，站长很是震惊："糟糕了！那是火车的必经之地啊。一般这个点，列车已经过去了……"

这岂不是正中我的下怀？！就在我们这样来回问答的过程中，死里逃生的列车长带来了列车翻车死伤无数的消息，这下子可乱套了。

事情进展到这个地步，我理所当然地被带到M警察局待了一个晚上。但这可是我深思熟虑做成的一件事，怎么可能会有漏洞？所以虽然我被大声训斥了一顿，但是并没有受到什么处罚。当时我的行为即便是按照《刑法》第一百二十九条来进行处罚，也不过是处以五百日元以下的罚款而已，但后来又听说不怎么符合条件。因此，我仅用一块石头，便成功夺取了十七个人的性命。您没听错，是十七个人，仅仅用一块石头，且没有受到一点惩罚。

诸位，我是一个用这样的方式夺去了九十九条生命的男人。还是一个不但毫无悔悟之意，甚至也已开始厌倦这种血腥的刺激，并打算在这次夺去自己生命的男人。诸位在听到我残酷至极的行为之后都不由得紧皱着眉头。是的，我的所作所为都已经超出了正常人的想象，可以说是罪大恶极。可是诸位，我恳请你们体谅我这样一个一心只想摆脱极度的无聊，不惜犯下各种罪恶的男人。我除了犯下如此的罪行之外，实在是无法在自己的人生当中找到任何意义了。诸位请说出你们的评判吧。我到底是一个疯子，还是一个人们常说的那种杀人狂？

至此，今天的讲述者终于讲完了他那光怪陆离的经历。

他瞪着一双微微发红、白眼仁大过黑眼仁的迟钝的眼，像个疯子一样把我们每个人的脸都逐一看过。但是没有哪个人回应他的要求对他进行评判。只有令人作呕的七张被跳动着的烛火映得通红的脸，一动不动地僵在那里。

突然，在门附近的帷幔表面出现了一个闪闪发光的物体。看着看着，那闪着银光的东西越来越大，那是一个银色的圆形物体，就像冲破乌云突然出现在眼前的满月似的，在红色的帷幔之间，逐渐呈现出一个完整的圆。我从一开始就知道，那是侍女双手捧给我们饮品的大银盆。但是不可思议的是，能让世上万物都散发出梦幻般光彩的这个红色的房间里，这么一个世上常见的银盆，竟然能够被幻想成在《撒罗米》戏剧当中，被一个奴隶从古井当中捧出来的那个盛有预言家人头的银盆。于是，当银盆完全从帷幔后面露出来之后，我甚至会担心它后面会不会出现一把像青龙刀那样宽幅的闪闪发光的大砍刀。

但是，从帷幔后面走出来的并不是嘴唇丰厚、半裸着身体的奴隶，而是这里的漂亮侍女。她和颜悦色地在七个男人中间穿来穿去，为我们分发饮品。突然之间，就像是房间里吹进了一股人间烟火气一般，我感觉有些莫名的不和谐。在她的身上，浮现着一种楼下餐厅中才有的华丽的歌舞，烂醉的年轻女郎那种懒散放荡的样子。

"我要开枪了！"突然，T氏用沉稳的语气说道，声音和刚才并无两样。然后，他将右手探入怀中，取出一个闪闪发光的东西，缓慢地用它对准侍女。

砰！

几个人的惊呼声，以及侍女的尖叫声，几乎与枪声同时响起。

我们几个齐刷刷地从座位上弹了起来。幸运的是，被射中的侍女什么事也没有，只是手里捧着被打得粉碎的装饮品的杯子，呆呆地站在那里一动不动。

"啊哈哈哈哈……"T氏突然像是疯了一般，哈哈大笑起来。"骗你们的啦，是玩具枪呀，玩具枪！啊哈哈哈哈……小花你也被骗啦，哈哈哈……"

所以，现在仍握在T氏手中那支冒着白烟的枪，竟然只是一把玩具枪吗？

"呀，真是吓死我了……那个，真的是玩具吗？"跟

T氏好像之前就认识的这个侍女，虽然仍然面无血色，但还是边说边向T氏走了过去。

"快给我看一下吧。哎呀，和真枪好像啊。"

像是想要掩饰自己的难为情，侍女手里拿着那把据说是玩具的六连发手枪，翻来覆去地看了看，接着说道："真是不甘心呢，要不，你也让我开一枪试试吧。"

说着，她转过左手腕，将手枪的枪管放托在上面，然后得意扬扬地瞄准T氏的胸前。

"你要是能射中的话，就开枪试试。"T氏不怀好意地笑着说，好像是在嘲笑她。

"他说我射不中呢。"

砰的一声，房间里回荡起比之前更加刺耳的枪声。

"唔唔唔唔……"正当大家在想这是谁发出的呻吟声，这么让人难受的时候，只见T氏突然从椅子上弹了起来，扑通一声倒在地上，手脚不停地抽搐着，一脸的痛苦。

这是玩笑吗？如果是玩笑的话这个挣扎也太逼真了。

我们不由得快步围到他身边，我旁边的人手里拿着放在桌上的那个烛台，举到正在挣扎的人上方。大家一看，T氏面色惨白，表情狰狞，躺在地上就像一只受伤的蚯蚓一样，全身的肌肉一会儿放松一会儿收紧，已经完全陷入了痛苦的挣扎中。从他那衣冠不整敞开着的胸口处，可以看到他的每一个动作都会让黑色的伤口里喷涌出一股鲜红的血，沿着他白色的皮肤四处流淌。

被伪装成玩具枪的六连发手枪的第二枪，竟然装填了一颗真正的子弹。

我们几个长时间呆立在原地，谁都没动。刚听完奇怪的故事就发生这种事，给我们造成的冲击实在是太大了！如果从时钟表盘的刻度上看，也许只是短短的几分钟甚至几秒，但是至少在当时的我看来，我们什么也不做只是站在那里的时间，感觉是那么长。那是因为，就在那短暂的时间里，在痛苦挣扎着的伤者面前，我的脑海里竟然能够有充分的时间做出了如下的推理：

这的确是一件突发事件，但是，仔细想想，这难道不正是T氏从今晚一开始就计划好了的事吗？他已经杀了九十九个人了，这第一百个的空位，不就是他留给自己的吗？难道他不是因为这间红色房间最适合做这些事情，所以才选择这里做自己最后死去的场所吗？按照他那怪异至极的性格来考虑的话，这个推测大致应该是没问题的。哦，对了，他让侍女误以为那是一把玩具枪，并最终指示侍女开枪的一系列圈套，不正跟他犯下的杀人案一样，有着共同的属于他自己的标志性特征吗？这样一来，也不用担心杀了他的侍女会受到法律的制裁,毕竟有我们六个人为她做证。也就是说T氏在这里使用了跟他以前用在别人身上同样的办法,就是让杀人者无罪的办法,只不过这次是用到了他自己的身上。

在座的人都陷入了可怕的沉默中。只有低着头的侍女在那里不时地发出悲伤的啜泣,四周格外肃静。红屋子里的烛光,将这一场发生在现实世界里的悲剧映衬得格外梦幻。

"咯咯咯咯咯……"

在侍女的啜泣声之外,突然又加入了另外一种异样的声音。竟然像是从那个早已停止了挣扎,一动不动像个死人一样躺在那里的T氏口中发出来的。我顿时觉得一阵寒意从后背直蹿而上。

"咯……咯……咯……咯……"

声音越来越大。当我们清醒过来,发现已经濒临死亡的T氏竟然摇摇晃晃地站了起来。站好之后他依然不断发出"咯咯咯咯"的奇怪的声音。听起来就像是从胸腔最深处挤出来的痛苦的呻吟声。但是……莫不是……果然如此……原来,他从刚才开始就一直在强忍着自己再难以抑制的笑声。

"诸位,"他大声地笑着说,"诸位,你们明白了吗?关于这件事。"

接下来——哎呀，这到底是怎么回事？就在刚才还哭得喘不过气来的侍女，一下子灵活地站了起来，但立刻又像是实在无法忍耐似的，弯着腰捂着肚子，笑得不可开交。

我们一个个目瞪口呆。过了一会儿，T氏走到我们面前，将一个小小的圆筒状的东西放在手掌上，向我们解释道："这个呀，是用牛的膀胱做的子弹哟。因为里面装满了红色的墨水，所以一旦打中，墨水就会流出。和这颗假子弹一样，我讲的那些所有我经历过的事情从头至尾都是我编的。我的演技还可以吧？那么，你们这些整天觉得无聊的人，不知道我这样子是否能够满足各位始终在追求着的那种所谓的刺激感呢？"

在他揭晓谜底的这段时间里，一直在充当他助手的侍女很是机灵地打开了楼梯下面的开关。突如其来的亮如白昼的灯光一下子迷惑了我们。这道白色明亮的光线瞬间就将房间里漂浮着的若有若无的梦幻气息一扫而空。暴露出来的是表演魔术时用到的那些道具的丑陋的残骸。无论是红色的帷幔、红色的地毯，或是同样包裹着深红色天鹅绒的桌子以及扶手椅，甚至连那看上去有些来头的银质烛台，竟然也都显得那么寒酸。在这间红色的房间里，就算找遍角落，一开始那种如梦似幻的场景都踪影全无了。

人椅

每天早上十点多钟，佳子送丈夫出门上班之后，便会一头扎进位于家中洋馆里那间夫妻共用的书房，享受终于真正属于自己的时间。而这段时间她一直在为今夏K杂志的增刊号撰写一篇长文。

佳子是一位美女作家，这段时间名声大噪，几乎让人忽略了她有一个在外务省当书记官的丈夫。她每天都能收到很多陌生崇拜者的来信。

这天早上，佳子在开始工作之前，先阅读起了这些信件。这是她雷打不动的习惯。

这些信的内容千篇一律又极度无聊。但只要是寄给她的信，不管内容如何，善良温柔的她都会逐一通读。

她从薄的读起，读完两封信与一张明信片后，只剩下一个看似装有厚书稿的信封。按说寄书稿前应提前来信告知，但像这样不打招呼就寄来书稿的情况也不是第一次了。虽然以前收到的类似书稿大多冗长又无趣，但她想着最起码先看一下标题，于是启了封，掏出了里面的一沓纸。

果不其然，那是装订好的一沓稿纸。但奇怪的是，首页既无标题亦无署名，只突兀地用"夫人"二字开头。哎？这果然还是一封信？她这么想着，随意地读了两三行。这一读不打紧，一种异样的、难以名状的不祥预感让她的汗毛倏地一下全竖了起来，感到一阵恶寒。即便如此，天生的好奇心还是驱使着她读了下去。

夫人：

首先，我一个陌生男人，如此冒昧地给您去信，还要恳请您多多海涵！

下面我要向您坦白的是我所犯下的常人难以想象的罪行。我的陈述如若惊吓到了您，万望恕罪。

几个月来，我完全从人世间销声匿迹，真真过着恶魔一般的生活。当然，在这广阔的世界上，绝无一人知道我的所作所为。如果什么事都没发生的话，我有可能会一辈子过着这样的日子，永不复归人间。

然而最近以来，我的内心发生了些许奇妙的变化。这迫使我无论如何都要为我之前的所作所为忏悔。只是，就如我刚刚所说的那样，后面有许多地方或许会让您感到奇怪，但请您务必将此信读完。只有这样，您才能理解我一直以来的心情，明白我为何执意要将一切向您和盘托出。

那么，该从哪里开始写起呢？这件事情实在是过于惊世骇俗，令人匪夷所思，所以用写信这一人类常用的方式来写出，莫名觉得有些难为情，也不知道该如何下笔。但再纠结也无济于事，我就姑且依序，从事情的起因写起吧。

我天生相貌粗鄙，烦请您务必牢记这一点。如若不然，若您大发慈悲满足了我冒昧的请求，答应与我见面，却在没有任何心理准备的情况下，看到我这本就丑陋，又因长期过着不正常的生活而变得更加不堪入目的面容。那么这对我来说真的比死还难受。

我这个人，天生就是这么命运多舛。我明明生就了一副丑陋的面容，却有着满腔不为人知、炙热非常的激情。我经常忘却现实中的自己只不过是一个状如鬼怪且极其潦倒的木匠，并毫无自知地憧憬着各式各样或甜美或奢侈的梦想。

假如我出生在一个更加富裕的家庭，借助金钱之力，我或许可以耽于玩乐，掩饰那些丑陋带给我的无力感。又或是若我更具艺术天赋，或许可以通过动人的诗歌来麻痹自己，借此忘却人世间的无趣。然而，老天并没有多眷顾我一分一厘，我这辈子只是家具工匠家的一个可怜儿子，靠着祖传的手艺，每天重复着一潭死水般毫无变化的日子。

我是专门做椅子的工匠，只要是出自我手的椅子，不管多挑剔的客人都十分满意。因此商会也格外关照我，交给我做的尽是些高档货。这些高档货不是对靠背、扶手处的雕刻要求特别高，就是在坐垫的软硬度、各部分的尺寸方面有着细微的要求。要想做出让他们满意的椅子，我付出的心血可真不是门外汉所能想象的。但付出的辛苦越多，相应地，完成时的喜悦也就越大。说出来可能显得有点自大，我自认为我那时的心情与艺术家完成得意之作时的兴奋别无二致。

每做完一把椅子，我总会自己先坐上去感受一下它的舒适度。在我平淡乏味的工匠生活中，唯有此时，才能感受到一种无法言喻的成就感。同时，我还会想象坐在椅子上的人将会是一位怎样的尊贵绅士，又或是美丽女性。既然能定做如此高档的椅子，那么家里一定也有着与这把椅子相称的豪华房间吧。而且墙上肯定挂着大家名画，天花板上也必定垂吊着镶嵌着名贵宝石的水晶吊灯，地板上想必也铺着昂贵的地毯。而在与这把椅子配套的桌子上，鲜艳的西方花草正绚烂绽放着，散发出一阵阵沁人的芬芳。我这般幻想着，往往会生出一种"我就是这个豪华房间的主人"的错觉。虽只有短短一瞬，也让我有一种无法形容的快活。

我这种缥缈的幻想无止境地滋长起来。现实世界里的我又穷又丑，且只是一个小小工匠，但这样的我在幻想的世界里竟然摇身一变化为一位翩翩公子哥儿："我"正惬意地坐在自己亲手制成的精致座椅上，而身旁是那个时常出现在梦中的美丽的恋人，正嫣然轻笑着听"我"说话。不仅如此，幻想中的"我"甚至还牵着她的手，与她低声互诉着衷肠。

然而，隔壁老板娘那聒噪的说话声、附近病童那歇斯底里的哭喊声，总打断我这虚幻美梦。丑陋的现实，又再一次地将它那灰色的躯壳暴露在我面前。回归现实的我，在它面前只看到了丑陋可怜的自己，与梦中的公子哥儿简直有云泥之别。不久前还在对我浅笑的美女呢，刚才所有的一切都跑到哪里去了？……我周围只有一个浑身脏兮兮的，陪着孩子玩耍的小保姆，而就连她也不屑看我这种人一眼。唯有一物——我做的椅子，如刚才梦的余迹一般，孤零零地立在那里。但就连这把椅子也终有一天会抛下我，去到另一个完全不同的世界。

于是每当我完成一把椅子时，都会有一种无以名状的虚空感涌上心头。久而久之，我渐渐难以承受这种令人厌恶至极却又无法言明的感觉。

"如果让我继续过着蝼蚁般的生活，那还不如去死！"

我很认真地这么想着。工作的时候也是一边咚咚地敲着凿子、捶着钉子，又或是一边来回搅拌着刺鼻的涂料，一边钻牛角尖、执拗地继续思考。

"但是，等一下。既然都下定决心去死了，那是不是应该还有其他路可走？比如……"

就这样，我的想法逐渐变得可怕起来。

正巧那时接了个订单，要求做一把大尺寸的真皮扶手椅，而我此前从未做过。这椅子打算放在同在Y市一家由外国人开的宾馆里。本该直接从外国寄来，但我所在的商会从中斡旋，表示日本也有工匠能做出毫不逊色的椅子，好不容易才拿下了该订单。正因如此，我倾注了比以往更多的心血，废寝忘食地埋头制作。这椅子当真饱含了我的血肉，是忘我的产物。

当我看着做好的椅子，心中涌起一种前所未有的满足感。这是一个连我自己都惊艳不已的杰作!

我像往常一样,将一组四把中的其中一把搬到光照好的地板房,随即优哉地坐了下去。

啊,好舒服……不软不硬,弹性刚刚好的坐垫,特意不染色、直接以本色包裹的柔软灰鞣皮,保持着适宜的倾斜度、无声支撑着人们背脊的饱满靠背,雕刻着精致曲线、高高鼓起的两个扶手……

所有的一切都不可思议地搭配合适,"舒适"这个词终于有了形状。

我将身体的全部重量都交给它,一边两手爱怜地摩挲着圆润的扶手,一边深深陶醉。这时,我爱幻想的老毛病又犯了,无止境的幻想犹如斑斓彩虹,带着绚丽的色彩源源不断地向我涌来。

这就是幻觉吗?

我心里所想的一切,都以异常清晰的姿态呈现在我眼前。我特别害怕,自己是不是疯了?!

突然,我脑海里浮现出一个绝妙的想法。所谓"恶魔的呢喃"就是如此吧!这个想法就像梦一般荒诞离奇,让人心生恐惧。然而这种恐惧,又是一种无名的魅力,不断引诱着我。

一开始我只是单纯地不想跟我费尽心力做的椅子分

开。如果可以的话，我愿与它同去天涯海角。但在幻想朦朦胧胧不断滋长的时候，不知何时，这个单纯的愿望竟与我脑海中产生的那个可怕想法联系起来！而我不知哪根筋搭错了，竟然决心实践那个怪异非常的幻想……

于是，我赶忙将我自认为最完美的那把椅子给拆了个七零八落。然后，为配合实践我那绝妙的想法，适当地对其进行了改造。

那是一把超大型扶手椅，座位部分的鞣皮一直包到快要接近地板的位置，再加上靠背、扶手全部做得特别厚，因此椅子内部有很大的空间，就算其中藏了一个人，也绝对不会被外面的人察觉。当然，内部有结实的木架，还有许多弹簧。我也对其进行适当的加工改造，预留出了一个相当大的空间，能让人把腿伸进座位部分、把脑袋和身体放进靠背里。只要按椅子的形状坐进去，就刚好能将自己隐藏其中。

这种工艺可是我的拿手绝活，因此我轻车熟路就将其改造得非常人性化。例如，在一小部分鞣皮上留出不易为外界察觉的空隙，以供呼吸与窥听外界的动静；在靠背内部的脑袋旁边，安了个小储物架，用来放水壶和压缩饼干；还备有大橡胶袋，以备不时之需……我做了万全的准备，只要有吃的，就算在椅子里待上两三天，也决计没有任何问题。可以说，这把椅子已经变成了一个单人房间。

我脱得只剩下一件衬衫，然后打开椅子底部的盖子，轻而易举地就完全钻了进去。那种感觉真的太奇特了！就像进入棺材一样，伸手不见五指，沉闷得令人窒息……仔细一想，也确实跟棺材差不多。在进入椅子的同时，我就如同披了隐身衣一般，完全从人世消失。

没过多久，商会就派下人拉着大板车来取椅子，被蒙在鼓里的我的上门徒弟（我和他两个人住在一起）招待了他们。把椅子往车上搬的时候，一个小工大声骂了一句："这家伙怎么这么重啊？！"把我吓得赶紧屏住了呼吸。好在扶手椅原本就比较重，他并没有起疑。不久，板车开始摇摇晃晃地出发，带给我一种异样的感觉。

我在椅子里担心了一路，万幸什么事情也没发生，当天下午椅子就被放置在了宾馆的一个房间。我后来才知道，这房间不是私人房，而是一个类似休息室的房间，用来待客、看报、抽烟等，有各种各样的人频繁出入。

想必您早已猜到我的目的了吧？没错！我这个怪异行径的首要目的就是趁着没人时从椅子里钻出来，在宾馆四处转悠，伺机偷盗。毕竟谁能想到有人会做藏进椅子里这等荒唐事？我可以像鬼魂一样，自由自在地挨个儿洗劫房间。然后在人们发现被偷而开始骚乱的时候，怡怡然钻回椅子，屏着呼吸只待欣赏他们那愚蠢的搜索。

您知道寄居蟹吧？就是那种生活在海滩上，长得很像大蜘蛛的螃蟹。没人的时候就神气地横行于世，一旦听到脚步声，即使非常轻微，也会以迅雷不及掩耳之势逃进贝壳。然后伸出让人恶心的毛茸茸的前脚，小心翼翼地窥探着敌人的动静……

我就是那只寄居蟹。它有贝壳，我有椅子；它在海岸横行，而我在宾馆。

说起来，我这个古怪的计划，就是因为它太过于古怪，超乎常人的想象，所以才取得了完美的成功。到宾馆的第三天，我就已经大干了一笔。偷窃时的那种既害怕又快活的心情，得手时的那种难言的喜悦，人们在我的眼皮底下乱作一团，叫嚷着"逃到那边了""又跑到这边了"时的滑稽，这一切都充满着不可思议的魅力，让我欲罢不能。

但很遗憾，我现在没有详细叙述的时间。其实我在宾馆找到了新的乐子，能让我比偷窃开心十倍、二十倍，能带给我最极致的快乐。而向您坦白这件事情，其实才是我写这封信的真正目的。

因此，一切都要从前面"我藏身的椅子被放进宾馆休息室"那里开始讲起。

椅子放进休息室后的一段时间，宾馆老板们都跑来试坐。在此之后就变得寂静无比，再也听不到任何声响。大概房间里没人了吧。但刚到宾馆就从椅子里出来实在太可怕，我可做不到。所以有很长一段时间（或许只有我这么觉得），我都在聚精会神地窥听着周围的动静，不放过任何一丝声音。

过了一会儿，好像从走廊那边传来一阵沉重的脚步声。等走到离椅子两三间的地方，因房间内铺着地毯，脚步声开始变成几乎微不可闻的低沉声音。不久我就听到了一个男人粗重的呼吸声，正惴惴不安之际，一具西方人庞大的身躯结结实实地坐到了我的膝盖上，还弹了两三下。我的大腿和那个男人壮硕的臀部之间仅隔一层薄鞣皮，近到我甚至能感受到他的体温。他的宽肩刚好靠在我的胸膛，他那充满力量的双手隔着鞣皮与我的手相重叠。他好像正在抽雪茄。他那浓郁的雄性气息透过皮革的缝隙，缓缓渗了进来。

夫人，请您想象一下如果您是当时的我，您就能明白那时的情景有多不可思议了。我当时吓得四肢僵硬，一个劲儿地将身体缩在椅子的黑暗中。腋下的冷汗顺着身体不断往下流，我已思考无能，除了发愣，什么都做不了。

继他之后，那一整天接连有形形色色的人坐在我身上。而且没有一个人意识到我在椅子里，也丝毫没有注意到他们认定的柔软坐垫，其实是我这个真人有血有肉的大腿。

　　漆黑一片、身体无法动弹的一方皮革天地。这是多么奇特而又充满魅力的世界啊。在那里感受到的不是我们平时所见到的人，而是与之完全不同的不可思议的生物。他们只不过是由说话声、呼吸声、脚步声、衣服摩擦声和富有弹性的几块圆肉球组成的而已。因此我可以用触感代替长相去辨别每个人。从触感来看，有的人肥肥腻腻的，给人感觉像是腐烂了的下酒菜。与之相反，有的人硬邦邦的，瘦得像骨头架子。除此之外，脊柱的弯曲程度、肩胛骨的打开情况、手臂的长短、大腿的粗细、尾骨的长短等，综合以上所有点来看，无论两个人身材多么相近，都会有不同于对方的地方。除长相和指纹以外，根据整个身体的触感，也完全可以辨别出每个人。

　　这对异性也同样适用。我们一般会以相貌美丑去评价一位异性，但在椅子这个世界里，一个人的长相根本无关紧要。因为那里只有赤裸裸的肉体、声音和气味。

　　夫人，请您千万不要反感我接下来露骨的表述。我在那里疯狂迷恋上了一具女性的肉体。肉体的主人是第一个坐到这把椅子上的女性。

从声音判断像是一位涉世未深的外国少女。刚好这个时候休息室没人，她像遇到了什么开心的事情似的，一边小声哼唱着奇特的歌，一边迈着轻盈的步子，蹦蹦跳跳地进来了。就在我想她是不是已经来到了我跟前的时候，一具丰盈且非常柔软的肉体突然投入我的怀抱！而且好像有什么好笑的事一样，她突然哈哈大笑起来，还手舞足蹈着，就像网中之鱼一样活蹦乱跳地翻来扭去。

接下来大概半个小时，她在我身上时不时地一边唱歌，一边跟着歌曲的拍子扭动着身体。

这对我来说真的算是惊天动地的大事，我完全没有预料到。毕竟以前的我曾经视女人为神圣的，不，更应该说是可怖的生物，甚至连她们的脸都不敢去看。而现在的我却跟一位不知哪国的少女同处一室，同坐一椅，甚至我们两人之间只隔着一层薄薄的鞣皮，亲密到可以感受到彼此的温度。尽管如此，她并没有任何不安，以一种无人在旁的轻松自在的姿态，将全身的重量压在我身上。我在椅子里可以做出紧紧拥抱她的样子，还可以隔着皮革亲吻她圆润的后颈。可以说是为所欲为。

自从有了这个意外之喜，偷东西这一最初目的就退居第二了。我已经完全被那个奇怪的触感世界迷住了。我曾经思考过，会不会椅中这个世界才是我真正该待的地方。

像我这样又丑又懦弱的男人，在明亮的有光世界中，一直自卑地过着寒碜又惨淡的日子。但是，一旦改变了居住的环境，进入椅子中，只要能忍住身体的憋屈，就能靠近那些美人，甚至可以听到她们的声音、触摸到她们的肌肤。要知道在明亮的世界里，不要说跟她们说话了，就连靠近她们身边都不被允许！

椅中爱情到底有着怎样神奇又令人沉醉的魅力，如果不切身进入椅子体会，根本不会了解。这是一种只包含触觉、听觉以及少部分嗅觉的爱情，是黑暗世界里的爱情，是绝对不会在现实生活中发生的爱情。这不正是恶魔之国的爱欲吗？仔细想想，在这个世界上人们看不见的各个角落，都在发生着什么样奇怪可怕的事情，实在是难以想象。

当然，如果依据最初的计划，只要成功偷到了东西，我就该马上逃出宾馆。但是，当时正沉浸在世间奇妙喜悦中的我，别说逃走了，真的巴不得永远住在椅子里，一直过着那样的生活。

我晚上出椅子会愈加小心，尽量不发出任何声响，也不让人发现，所以当然没发生过什么危险。话虽如此，我能在椅子里生活数月，而且不被人发现，连我自己都觉得诧异。

我一整天都待在椅子这个狭小的空间里，弯臂屈膝，所以整个身子变得像是没有知觉一样，连直都直不起来。到最后我只能像个瘫子一样，爬着往返于厨房、卫生间。我到底是在发什么疯？忍受着这样的痛苦，却还是放不下那个奇妙的触感世界。

其中也不乏有人把宾馆当成住所，连续住一两个月。但这里毕竟是宾馆，客流量本来就比较大。因此，我奇怪的恋爱对象随着时间的推移而不断改变，这也是无可奈何的。而且对那些不可思议的恋人的记忆，不是像通常那样通过容貌而主要是通过身体的形态，深深刻在我的心里。

比如，有的身体像小马驹一样精悍、修长又紧实；有的身体像蛇一般柔软妖娆，可以随心所欲地扭动；有的身体就像皮球一样，又肥又圆，兼具肉感与弹性；还有的身体就宛如一尊希腊雕像，强健有力，拥有完美的肌肉。此外，不同的女性身体也都各自有着自己的特点与魅力。

在我不断移情别恋的时候，我又有了其他与之不同的奇异经历。

有一次，某欧洲强国的大使（我听一个日本男服务员在聊天时说的）曾将自己伟岸的身躯投于我的身上。他作为世界级诗人，比作为政治家更为人们所熟知。正因如此，我才对接触到这位伟人的身体感到兴奋，同时也感到自豪。他坐在我身上，跟两三个本国人交谈了十分钟左右，就离开了。当然，我完全听不懂他说了什么。不过，每次他做动作的时候，他那暖于常人的肉体就跟着一绷一松，瘙痒般的触感带给我一种不可名状的刺激。

当时我突发奇想，如果我在椅子里，用锋利的刀猛地刺向他的心脏，会是什么结果呢？当然肯定是给他致命一击，让他不再醒来。先不说他的国家，在日本政界会产生多大规模的骚动呢？报纸又会刊登怎样的激情报道呢？这件事首先肯定会对日本与该国的外交关系产生很大的影响，即使从艺术的角度来看，他的死无疑也是全世界的一大损失。自己的一个小举动，竟然可以轻而易举地制造出这样的惊天大事件。一想到这里，我就控制不住地得意起来。

还有一次，某国著名女舞蹈家来日本时，偶然入住这家宾馆，也曾经坐到了我的身上，虽然只有那么一次。当时我再次感受到了与大使那次相似的感动，而且她还让我领略到了一种从来没有感受过的理想肉体美。我无暇对她的美貌产生龌龊的想法，只单纯像对待艺术品那样，无比虔诚地赞美她。

此外我还有许多或罕见奇怪，或令我发毛的经历，但详写这些事情并不是我写这封信的目的，而且这封信已经十分冗长，接下来我就赶快进入正题了。

在我来到宾馆几个月后，一个始料未及的变化发生了：宾馆老板因某种原因要回国，就将宾馆连同一切设施，全部转让给某家日本人开的公司。这家公司一改以往奢华的经营方针，将之定位为普通宾馆，以谋求更丰厚的利润。因此，就将用不到的家具等委托给一家大型家具商进行拍卖，而我所在的椅子也在拍卖名单中。

我知道这件事之后，一度非常失望。甚至想着干脆趁着这个机会重回世间，开始一番新生活算了。那个时候我也已经存了相当多的偷来的钱，就算真的重回世间，也断然不会再过从前狼狈的日子。但回过头再想想，从外国人的宾馆出来这件事，意味着失望，可同时也意味着一个新希望。之所以这么说，是因为我在宾馆待的这几个月里，虽然迷恋过很多具女性的肉体，但那全是清一色的外国人。虽然每具身体都极具魅力、令我心生喜爱，但我的精神好像从来没有满足过。果然，日本人还是要找日本人，不然根本就感受不到真正的恋爱。我心中的天平渐渐偏向这一边。这时刚好我的椅子要被拍卖了。这次说不定会被日本人买走，说不定还会被摆在日本人的家里。这就是我的新希望。总之，我决定继续在椅子里生活一段时间。

我被放在古董店门口两三天，受尽了苦头。但幸运的是拍卖一开始，椅子就被买下了。可能是因为椅子虽然很旧，但也足够醒目、漂亮吧。

买家是个当官的，住在离Y市不远的大城市。他们用一辆颠簸很厉害的卡车把椅子从古董店送到买家的住所，短短几里，我在椅子里尝到了死一般的痛苦。但这痛苦与买家如我所愿是日本人的喜悦相比，根本微不足道。

那买家的住所非常气派，我的椅子被安置在家中洋馆的宽敞书房。而让我尤为满意的是，这个书房与其说是男主人的，倒不如说是他那年轻漂亮的夫人的。之后大概一个月的时间，我一直与夫人在一起。除去夫人吃饭、睡觉的时间，她那柔软的身体一直在我身上。这是因为这段时间夫人一直待在书房潜心创作的缘故。

我有多爱她这件事，根本无须在此多做赘述。她是我在椅子中接触到的第一位日本人，而且还拥有着美妙的肉体。我在她身上体会到了真正的爱情。相比之下，之前在宾馆里的那些经历，根本就不能称作爱情。只有对她，单纯秘密的抚摸完全不能满足我，我还千方百计地想让她知道我的存在。我之前从来没有过这种想法，这就是"真爱"最好的佐证。

如果可能的话，我希望夫人可以意识到椅子中我的存在，还私心希望夫人也能爱上我。但是该怎么向她示意呢？如果直截了当跟她说椅子里有人，那她肯定会大惊失色，立马将这件事告诉丈夫和用人。这样一来，岂止是做的一切都白费，我恐怕还会背上可怕的罪名，受到法律的制裁。

于是，我努力让夫人在我的椅子上感受到更多的舒适感，进而对它产生依赖。作为艺术家的她，一定具备着超出常人的敏锐感受力。如果她能从我的椅子上感受到生命，从而将椅子当作一个活物去依赖，而不仅仅将其看作一个平常物体的话，即便只是这样，我也很满足了。

当她将身体投入椅子时，我总会尽可能轻柔地接住她。当她很累，在椅子上休息时，我会不露痕迹地挪动膝盖，调整她的姿势。然后当她迷迷糊糊地开始打瞌睡的时候，我会微不可察地摇晃膝盖，充当摇篮。

不知我的这份体贴得到了回报，还是说只是我的错觉，我总觉得夫人最近好像爱上了我的椅子。她温柔无限，轻轻地投进我的椅子，像婴儿被母亲抱在怀里，又像少女在回应恋人的拥抱。而且，甚至连她在我膝盖上活动身体的样子，都让我觉得温馨。

就这样，我的热情一天天地越燃越旺。日复一日、日复一日，啊！夫人，我最终变得不知天高地厚，整天怀揣着这遥不可及的愿望。我常常这么想，只要能看一眼我所爱之人，并能说上一两句话，那我也就死而无憾了。

夫人，想必您早就猜到了吧。其实我的恋人就是您，请原谅我擅自这么无礼地称呼您。自从您丈夫在Y市那家古董店买下我的椅子后，我就成了一直偷偷爱慕着您的可怜男人。

夫人，这是我此生唯一的愿望：能否见我一次？然后，能否对我这个可怜丑陋的男人说些安慰的话，哪怕只有一句？放心，我绝对不会再有所要求。提出这样的要求，我就已经无地自容了。无论如何，请满足世上这个不幸男人的恳切愿望吧。

实际上我昨晚为了写这封信，已经偷偷溜出了您家。毕竟当面拜托您非常危险，而且我也做不到。

而现在，当您读这封信的时候，我正因为担心而脸色苍白着，徘徊在您家周围。

如果您愿意满足我这个不礼貌的请求，那么请将您的手帕放在书房窗边那个瞿麦盆栽上。我看到这个暗号之后，会若无其事地扮作一个普通的拜访者，来到您家门口。

接着，这封匪夷所思的信以一句热切的祝福语结束。

这封信读到一半的时候，佳子就已经因为不祥的预感而面色惨白。

然后,她下意识地站了起来,从放着令她毛骨悚然的扶手椅的书房,疯了似的逃到了日式的起居室。本想索性不读后半部分,直接将信撕碎扔掉,但她还是非常在意,就在起居室的小桌子前继续读了下去。

她的预感果然没错。

她每天坐的那个扶手椅里,竟然藏着一个陌生男人!这是多么可怕的事实啊。

"哦,天哪,真恶心!"她像被人当头泼了一盆冷水,全身感到一阵恶寒,身体也抑制不住地颤抖着。

她因过于震惊,脑子一片空白,根本想不到该如何处理这件事。"我要检查一下椅子吗?该怎么弄、怎么检查?这么恶心的事情我怎么能做到呢?就算椅子里已经没人了,但里面肯定还留有食物和属于他的秽物啊……"

"夫人,您的信。"

正在胡思乱想的她被这突然的声音吓了一跳,回头一看,是女仆拿着一封刚收到的信件。

佳子下意识地接过,正准备拆封的时候,突然看到了信封上写的字,她吓得差点把信扔了。因为,那上面写她名字的字迹,与刚才看的那封信里的分毫不差。

她犹豫了很久到底要不要拆封。最终还是把信拆开,战战兢兢地开始读起来。信虽然很短,但奇怪的内容却让她再次受到了惊吓。

突然给您去信,失礼至极,敬请原谅。我是一名平时对您的作品爱不释手的普通读者,之前附寄给您的是鄙人的一部拙作。如蒙一览并赐予点评,则不胜荣幸。因为某些原因,原稿在写这封信之前就已经寄给您了,想必您已经看完了。您觉得怎么样?若拙作能给您些许触动,吾必然欣喜之至。

虽特意未写原稿标题,但我打算命名为《人椅》。

至此,冒昧请托。

疑惑

一、案件的第二天

"听说你父亲……"

"嗯。"

"果然是真的啊。不过,你读了今早××新闻的报道了吗?那个到底是不是事实?"

"……"

"喂,振作一点!我很担心你,你跟我说说呀。"

"嗯,多谢。我没什么好说的,那个报道说的都是真的。昨天早上,我醒来之后,就看到父亲头上破了个大洞倒在自家院子里。就只有这些。"

"所以你昨天才没来学校啊……那凶手抓到了吗?"

"警察似乎锁定了两三个嫌疑人。但是,仍不知道谁是真凶。"

"你父亲做过那种让人记恨的事吗?报纸上说,似乎是报复杀人。"

"那倒是有可能。"

"是生意上的?"

"才不是那么厉害的事。父亲的话,肯定是因为喝酒和人吵架,才被人记恨的吧。"

"你说是因为喝酒?你父亲酒品很差吗?"

"……"

"喂,我说,你是不是不太对劲啊?哎呀,你哭啦?"

"……"

"你这是运气不好,是运气不好呀!"

"我觉得很窝心。父亲活着的时候,让母亲和我们吃尽了苦头。这样还不够,竟然以那种不体面的方式死去……我一点儿都不觉得伤心,就是太窝心了。"

"说真的,你今天真是太不对劲了。"

"你当然不明白。不管怎样,说自己父母的坏话还是会让人觉得难受。所以,我一直忍到今天,连跟你都没有提到过哪怕是一点点。"

"……"

"我从昨天开始,不知为什么,总有一种奇怪的感觉。自己的亲生父亲死了,我却感觉不到悲伤。再怎么糟糕的父亲,如果死的话,身为儿子还是会感到悲伤吧。我一直是这么想的。但是现在的我一点儿也不伤心。如果父亲不是以那种不体面的方式死去的话,我甚至觉得他的死真是帮了我们的大忙。"

"被自己的儿子这么想,你父亲真是不幸。"

"是啊,如果那是父亲注定的命运的话,这么想来,父亲真是可怜。但是现在,我没有闲情逸致去想那些东西,只是一味地觉得倒霉。"

"有那么严重……"

"父亲把祖父留下来的仅有的财产全都花在了酒和女人身上,他简直就是为此而生的。可怜的是我母亲,她经历了那么多难以忍受的艰辛,看到这些,作为孩子,我们非常痛恨自己的父亲。虽然这样说有点可笑,但我母亲的确是一位很让人惊讶的女人。一想到她竟然忍受父亲的残暴长达二十多年,我就止不住地掉眼泪。现在我能像这样子来上学,家人们能够好好地住在祖父留下来的房子里,不至于沦落街头,全都是靠母亲一个人的力量。"

"那么糟糕吗?"

"肯定是你们完全无法想象的。最近这段时间尤其糟糕，我们天天吵个不停。我父亲他这么多年简直是白活了，整天喝得醉醺醺的，人也邋里邋遢，不知道哪天也不知道会从什么地方突然钻出来——他已经有了酒瘾，每天从早到晚地喝，没有酒压根儿就活不下去。然后，一会儿说他回来的时候母亲不在门口迎接，一会儿又埋怨母亲给他脸色看，为了这些压根儿不值一提的理由，动不动就上手打人。就这半年，母亲身上的伤就没断过。我哥哥是个脾气暴躁的人，一看到母亲受伤，就咬牙切齿地冲向父亲……"

"你父亲多大岁数？"

"五十了。你肯定很诧异，这把年纪了怎么还能干出这种事。实际上我父亲说不定早已经半疯了，都是因为年轻的时候中了女人和酒精的毒。有时候晚上我回到家里，一打开玄关的格子门，就看到哥哥举着扫把、叉开腿站着的影子投射在纸拉窗上。我吓得呆住了，随后听见一阵嘎吱嘎吱的刺耳声，只看到灯笼罩子穿透纸拉窗飞了过来。是父亲扔的。世界上怎么会有这样相处的父子！"

"……"

"你也知道，我哥哥在××公司做翻译工作，每天都要去横滨上班。即使有人说亲，也会因为父亲的事而谈不拢，真是太可怜了。即使这样，哥哥也没有勇气搬出去住。撇下备受欺负的母亲离开，这种事他无论如何都做不来。哥哥都快三十了还会跟父亲动手，在你听来可能很可笑，但是站在哥哥的立场上来看，他实在是没有办法了。"

"的确是很过分啊！"

"前天晚上也是那样。那天父亲难得没有出门，但是一大早起来就开始喝酒。一整天都醉醺醺的，还不停地缠着人说话。晚上十点左右的时候，母亲因为忙别的事情，酒温得稍稍晚了那么一点，父亲就发起疯来。最终，拿起茶碗向母亲的脸上砸去。那茶碗正好砸中母亲的鼻梁，母亲甚至一度失去了意识。紧接着，哥哥一下子冲到父亲跟前，一把揪住父亲的衣领，妹妹吓得号啕大哭，跑过去制止他们。你能想象出那种场景吗？地狱！简直是地狱！这种生活再过下去，没几年，我们就会受不了吧。母亲可能会为此而死，或者，在这次事件发生之前，我们兄弟姐妹中的某个人就会杀死父亲。说真的，这次事件等于拯救了我们全家。"

"你父亲去世是昨天早上的事吧？"

"发现尸体的时间是五点左右。妹妹是最早起床的，然后发现外廊的拉门有一扇是开着的。据说是因为父亲的床上没有人,所以妹妹还以为是父亲起床后,打开门到院子里去了。"

"那么,杀害你父亲的男人是从外廊的拉门那里进来的吧?"

"不是。父亲是在院子里被袭击的。前一天晚上,母亲昏倒,家里乱作一团,就连父亲也睡不着,半夜好像起来到院子里乘凉了。母亲和妹妹就在父亲旁边的屋子里睡觉,据说一点都没有注意到父亲起来过。像这样晚上坐在院子里的大石板上乘凉是父亲的老习惯。所以,父亲肯定是坐在院子里,被人从后面袭击的。"

"被人扎了一刀?"

"警察的鉴定是,用不太锋利的刃具击打头后部而死,像斧头或者柴刀那种东西。"

"那就是说,凶器到现在还没找到?"

"妹妹看到父亲的尸体以后叫母亲起床,然后同母亲一起大声把睡在二楼的我和哥哥叫醒了。听着她们的尖叫声,我感觉自己在看到父亲的尸体之前就已经知道发生了什么事情。这种奇特的类似预感的东西,我从很早以前就有。当时我想着,终究还是发生了。我和哥哥两个人立刻冲下楼,透过一扇打开的防雨板看到院子里很明亮,就像是一幅活人画似的,父亲以一种非常不自然的姿势趴在那里。那个时候我有一种奇怪的感觉，自己竟完全是旁观者的心态，在看一场戏似的。"

"……然后呢，真正的行凶时间是什么时候？"

"据说是凌晨一点左右。"

"完全是在深夜呀。所以呢，嫌疑人是谁？"

"憎恨父亲的人实在是太多了。但是，很难说有没有人恨父亲恨到要杀了他的程度。如果非要怀疑的话，给出的嫌疑人中，有一个人让我觉得很有可能。那个男人在一个小餐馆里被父亲打得受了重伤，所以经常来我家，说要我们赔偿医疗费，还有别的什么。父亲每次都把他大骂一顿，然后赶出去。不只这样，到最后父亲甚至完全不顾母亲的劝阻，直接喊巡警过来，把那个男人带走。我们家虽然衰败了，但仍是镇上的老住户，对方穿得那么寒酸，看上去就是一个工人，这样一比差距太大，根本就不是对手……我想着会不会是那个人。"

"但是，这也太奇怪了。因为，半夜里潜到一个住着好几口人的房子里，是一件相当困难的事吧。只是因为挨了一顿打，就不惜冒着那样的危险去杀死对方吗？况且，想要杀人的话，在外面有的是机会……说起来，有确切的证据证明嫌疑人是从外面潜入的吗？"

"大门上的锁是开着的，门闩没有插上，而且从那儿通往院子的栅栏门是没有锁的。"

"脚印呢？"

"不可能留下来。因为这种天气，地面完全是硬邦邦的。"

"……你家里没有用人吧？"

"没有啊……啊，你是说凶手不是从外面进来的……怎么会呢，无论如何都不可能有这么可怕的事。一定是他！就是那个挨父亲打的男人！工人都是不怕死的，所以根本没有考虑过危不危险！"

"那我就不知道了，可是……"

"啊……你不要再说那种话了。不管怎样，这件事情已经结案了，如今再做什么也无济于事。上课的时间已经到了，差不多该进教室了。"

二、第五天

"那么，你是说，杀死你父亲的人是你的家人？"

"你之前似乎怀疑凶手不是从外面进来的。当时我很抗拒听到那些话，其实就是因为我也有点那个想法，所以感觉像是被你说到了痛处，才中途打断了你。但是现在，我因为怀疑自己的家人而苦恼不已……这种事情不能对别人说。我想着如果可以的话，就不告诉任何人。可是，我实在是备受煎熬，希望至少跟你商量一下。"

"说吧，你到底在怀疑谁？"

"我哥！我怀疑的是那个跟我血浓于水的亲哥哥，是我死掉了的父亲的亲儿子啊！"

"嫌疑人认罪了吗？"

"不但没认罪，反而出现了一个又一个的反证，就连法院都觉得难办。警察每次一过来，只是聊聊这些然后就走。换个角度想的话，他们果然怀疑是我们家里人自己干的，所以跑过来是来打探情形的吧。"

"不会吧，是不是你多心了？"

"如果只是多心的话，我不至于这么苦恼，是有事实证明的。有件事之前我没有想过会跟父亲的死有关，几乎忘记了，也没有跟你说过。发现父亲死的那天早上，我在父亲的遗体旁边捡到一条揉得皱皱巴巴的麻质手帕。虽然变得脏兮兮的，但是缝着图案的地方正好露在外面，所以我一眼就看到了。那条手帕除了我和哥哥以外，别人不可能会有。父亲很老派，不喜欢手帕，喜欢把传统的薄棉布折叠起来放到怀里。母亲和妹妹虽然也用手帕，但都是女式的小手帕，跟我和哥哥用的完全不一样。所以，那个掉落在地上的手帕肯定是我和哥哥其中一人的。但是，在父亲被杀前的四五天里，我没有去过院子，也不记得最近有丢失过手帕。那样　来，掉落在父亲遗体旁边的手帕只能是哥哥的了。"

"但是，有没有可能是你父亲因为什么正好拿着那条手帕呢？"

"不可能。父亲虽然在别的事情上总是糊弄了事，但是对于自己的随身物品格外讲究。父亲拿着别人的手帕什么的，我一次都没有见过。"

"……但是，即使那个是你哥哥的手帕，也未必是在你父亲被杀时掉落的。可能是你父亲被杀的前一天掉落的，也可能是更早之前。"

"但是，妹妹每隔一天就会把院子打扫得干干净净，案发前一天的傍晚妹妹刚好打扫过那个院子。而且已经知道的是，一直到大家都睡着，哥哥并没有去过院子。"

"那么，如果仔细调查手帕的话，可能会有什么发现。比如……"

"不行。那时我谁都没给看，立刻就扔到厕所里了。因为我总觉得那个手帕有点让人不舒服……不过，我怀疑哥哥的原因不止这些，还有许多别的事情。哥哥和我虽然房间不同，但都睡在二楼。那天晚上一点左右，不知为何我突然醒了过来，然后就在那时，我听到了哥哥下楼的声音。当时我想着他是去上厕所，没有特别在意，等我再次听到他上楼的脚步声的时候，时间已经过去了很久，这的确很值得怀疑。"

"另外，还有一件可疑的事情。父亲被发现死于非命的时候，哥哥和我都还在睡觉，是母亲和妹妹惊慌的喊声把我俩叫醒，我们才一下子跳了起来，慌慌张张跑下楼。哥哥没有穿睡衣，只是披了一件长衫，腰带也没有系，拎在手里就向外廊跑去。可是，当我以为他会直接光着脚跳到脱鞋石板上的时候，他却不知怎的，一下子就停了下来。可能有人会觉得他是看到父亲的尸体，觉得太过突然慌了神，然后犹豫了一下。但是，即便是那样，他为什么会把手里拿着的那条腰带就那么掉在了脱鞋石板上呢？哥哥有那么吃惊吗？从他平时的个性来看，我认为不太可能。如果只是掉下来倒还好。刚刚掉落，哥哥就急匆匆地把它捡了起来。说到这个，可能是我的错觉，哥哥捡起来的东西好像不只是腰带。似乎有个黑色的小物件（一眼就能看出主人是谁的东西，比如钱包之类的）也掉落在石板上。短短一瞬间，感觉像是先把腰带抛下去，正好挡在那个小物件上，然后捡腰带时，连同那个小物件也一并抓在了手里。那时我也是心神俱乱，真的只是一眨眼的工夫，也有可能是我看错了。但是，手帕的事情，还有正好在那个时候下楼的事情,最重要的是,联想到那段时间哥哥的行为,让人不得不产生怀疑。

"父亲死了之后,我感觉家里人就变得很奇怪。不像是单纯只为一家之主的死感到悲伤的样子,更像是有一种无法言说的、凝重的、可怕的氛围在家里弥漫开来。比如吃饭的时候,四个人虽然面对面,却没有人说话,只是奇怪地互相盯着对方看来看去。这样看来,不管是母亲还是妹妹,都和我一样在怀疑哥哥。哥哥也很奇怪,一直脸色苍白、一声不吭。我实在形容不出来那种感觉,就是让人很不舒服。我已经在那个家里待不下去了。每次从学校回来,一跨过门槛,立刻就能感受到一股阴风。家里原本就冷清,现在,没有了一家之主,母亲和我们三个孩子都沉默不语、心事重重,只是一味地看着对方……啊,受不了,受不了了。"

"听你这么一说,我都感到害怕了。不过,那种事不可能发生吧。难道真是你哥哥……你这是过于敏感,自寻烦恼吧。"

"不是,绝对不是,不仅仅是我的错觉。如果没有动机的话那还好办,但哥哥完全有理由杀死父亲。你知道我哥哥因为父亲吃了多少苦,知道他有多憎恨父亲吗?尤其是那个晚上,母亲甚至被父亲打伤了。哥哥对母亲那么好，情绪一激动，很难说不会一下子产生什么可怕的念头。"

"……"

"……"

"真是可怕，不过，光凭这个没办法确定吧。"

"所以，我才更受不了。无论是什么结果，哪怕很坏，只要尘埃落定就好，像这样子被困在可怕的怀疑当中，百思不得其解，真的是受不了了。"

"……"

三、第十天

"哎，S！你要去哪儿？"

"哦……不去哪儿……"

"你也太憔悴了吧。那件事情，还没有解决吗？"

"嗯……"

"你最近都不怎么来学校，我正想着今天到你那儿去看看呢。你这是要去哪儿吗？"

"不是的，也不打算去哪儿。"

"那就是在散步了？但你好像根本没什么目的呀。"

"……"

"那你跟我一起走走吧。咱们边走边说……所以呢,你还在烦恼什么,连学校也不去。"

"我已经连思考该怎么做的力气都没有了,仿佛身处地狱。在家里待着太恐怖了……"

"还没找到凶手啊。你还是在怀疑你哥哥吗?"

"快停下来,不要再说了。我觉得自己要喘不过气来了。"

"但是,你一个人闷闷不乐,也不是办法呀。说给我听听也许还能给你出出主意。"

"这种事情让我说我也说不出口。家人之间都在彼此怀疑,四个人住在一座房子里,都不说话,你盯着我我盯着你。偶尔说个话,也都一副警察或者法官的样子,想要套出对方的秘密。我们可是血肉至亲呀!但我们中的某个人竟然杀了人,杀的还是自己的父亲、自己的丈夫!"

"你说得太吓人了,不可能有这么荒唐的事情,一定是你想太多了。你肯定是因为神经衰弱而在那儿胡思乱想。"

"不不,绝对不是我胡思乱想,如果是胡思乱想就好了。"

"……"

"你不相信也情有可原。谁会想到人世间会有这样的地狱存在呢？我自己也像是被噩梦缠住了似的。我这样一个人，竟然会因为涉嫌杀害自己的父亲而被警察跟踪……嘘，别回头。警察就在那儿。这几天，只要我出门，就肯定跟在我后面。"

"……怎么回事。你被怀疑了？"

"不仅是我，我哥和我妹都被跟踪了。警察怀疑我们家所有人。不过，即便是待在家里，大家也都在互相怀疑。"

"那可真是……你们这样互相怀疑，是出现了什么新情况吗？"

"没有确凿的证据，只是怀疑而已。之前那三个嫌疑人都被释放了，警察没办法只好怀疑我们，每天都会来我家进行搜查，不放过任何一个角落。有一次，他们从衣柜里找到母亲带血的浴衣时，还引发了骚动。不过，不是什么大事，父亲死的前一晚，把茶碗砸向母亲，血弄到衣服上了，血迹没洗掉。我向警察说明了之后，场面暂时控制住了。没想到在那之后，警察的想法就改变了，他们似乎觉得既然我父亲是那种脾气暴躁又经常动手的人，那么家人的嫌疑更大。"

"之前你不是特别怀疑你哥哥吗？后来呢？"

"你说话声再小点儿，别让后面的人听到……说到这里，我哥哥也正在怀疑某个人，而且那人似乎是我母亲。哥哥曾假装不经意地问过母亲梳子是不是丢了。母亲当时惊讶地倒吸一口凉气，反问我哥为什么要问这种事情，然后就没有下文了。在别人看来也许就是普通的对话，但我却大吃一惊，难道，之前哥哥用腰带隐藏的东西是母亲的梳子……"

"……"

"此后我开始观察母亲的一举一动。多么可笑啊，身为儿子的我竟然在暗中调查母亲。整整两天，我都像蛇一样从各个角落盯着母亲。可怕吧？母亲的行为不管怎么看都很奇怪，她总是心神不定，忐忑不安的。你能想象我的心情吗？怀疑自己的母亲杀了自己的父亲，多么可怕的事情！我感觉哥哥好像知道一些别的事情，特别想问问他。可是，我实在问不出口。而且，哥哥也像是害怕我问他似的，最近这段时间一直躲着我。"

"我都不敢听下去了。我这个听的人尚且如此，你这个当事人该有多难受啊！"

"我的感觉早已远远不只是难受了。现在，人世间在我的眼里已经变成了另一个模样。每次看到来来往往的行人脸上悠闲又开心的表情，都会觉得不可思议。我时常想，他们虽然一脸平静，但他们肯定也是杀了自己的父亲，或者是自己的母亲……现在行人少了，跟踪我的人这才离开，过了这条街之后还会跟上来的。"

"可是，你哥哥的手帕不是掉在你父亲被杀的地方了吗？"

"对，所以我并没有完全消除对哥哥的怀疑。而且，就算是母亲，我也不知道到底该不该怀疑她。奇怪的是，母亲也在怀疑着谁。这简直像是我们小时候玩的那个没完没了地捏手背的游戏。不是因为搞笑，而是因为那种无以名状的可怕……还有昨天傍晚，天已经很暗了，我不经意地从二楼下来的时候，母亲正站在外廊上，好像在偷偷地看着什么。见到我下来，她吓了一跳，立刻若无其事地回房去了。母亲的表现太反常了，所以我来到母亲刚才站着的地方，朝她一直盯着的方向望过去。"

"……"

"你猜那里有什么？从那个方向看过去有许多棵小杉树，透过树叶能看到一个祭祀着五谷神的小祠堂，在那个祠堂后面隐隐约约有个红色的东西。仔细一看，好像是妹妹的腰带。从我这个角度只能看到腰带的一角，所以完全不知道她在干什么。在那种祠堂后面又能做什么事情呢？我差一点就要张口叫出妹妹的名字了，但是突然想起母亲刚才奇怪的行为。还有，在我看向祠堂的同时，能感觉到母亲一直在后面盯着我。我察觉到此事不简单。直觉告诉我，也许所有的秘密都藏在那个祠堂后面，而且妹妹掌握着这个秘密。"

"……"

"我想要自己一个人去那个祠堂后面探个究竟。从昨天傍晚开始直到刚才我都在等待独自出去的机会，但是一直都没有。一是因为母亲的视线一刻也没有离开过我，就连我上个厕所出来，都能看到母亲站在外廊上，不露痕迹地监视着我。这可能只是我在胡思乱想。但是，真的只是偶然吗？从昨天到今天早上，我在任何地方都能感受到母亲的视线。二是因为我妹妹那让人无法理解的行为。你也知道我经常逃学。所以，就算我最近一直没去上学，也没有人觉得奇怪。可我妹妹竟然问我，你为什么不去学校？明明以前一次都没问过，父亲那事发生以后，她竟问了我两次同样的问题。每次问我的时候她的眼神都很奇怪，就像是两个小偷在对暗号。怎么看都像是在对我暗示：我什么都不会说的，你放心吧。妹妹肯定是在怀疑我，她的眼神也是无处不在。有一次，我终于从母亲和妹妹的眼皮子底下逃出来，跑到院子里，但不巧的是哥哥正透过二楼的窗户往外看，就这样，我根本找不到机会。而且，即便是找到机会，跑到祠堂的后面也是一件非常需要勇气的事情。万一真到了那个时候，我害怕得什么也干不了也说不定。我固然是受不了不知道谁是凶手，但想要去确认的凶手肯定是自己亲人当中的某一个人这件事，也是相当的可怕。啊啊啊，我到底该怎么办？"

"……"

"跟你说这些无聊的事情，说着说着就走远了，这到底是哪里？我们差不多就回去吧。"

"……"

四、第十一天

"我终于看到了，就是那个祠堂后面的东西。"

"到底是什么？"

"那里藏着的是一个很恐怖的东西。昨天晚上，等大家都睡着了，我下定决心来到了院子里。我想从外廊那里过去，因为母亲和妹妹就睡在旁边的屋子里，根本出不去。但如果想从大门那边绕过去，也必须得从她们的枕头边经过。幸运的是，我二楼的房间正对着院子，于是，我从窗户那里爬上屋顶，沿着屋顶下到地面。月光洒在院子里，我在屋顶上穿梭的奇怪身影，被清清楚楚地映在院子的地面上。我甚至觉得自己变成了一个可怕的罪犯。那一刻，我突然想，难不成杀死父亲的那个人其实是我。我想起了有关梦游症的传言。难不成是某一天晚上，我也像现在这样穿过屋顶，跑去杀死了自己的父亲……想着想着我打了个寒战。不过，仔细想想，不可能发生那么离谱的事情。那天晚上父亲被杀的那个时间，我正瞪着眼睛躺在屋里的床上。再说回昨晚，我从屋顶上下来之后，尽量不发出声音，去了那个祠堂后面。在月光下，能清楚地发现地面上有被人挖掘过的痕迹。我想妹妹藏的东西就在这儿，于是，用手把土拨开。没想到，挖了一两寸后，很快就摸到一个东西，拿出来一看，觉得有些眼熟。竟是我家的斧头！借着月光能看到，在生了红色锈迹的刀尖上，有干掉的黑血块，还有一股血腥味……"

"斧头吗？"

"嗯。"

"你是说是你妹妹把斧头藏在那里的？"

"只能这么想了。"

"但是，我不认为你妹妹会是凶手。"

"那可难说。每个人都很可疑。无论是母亲、哥哥还是妹妹，就连我自己都对父亲抱有深深的恨意。恐怕我们都希望父亲死掉吧。"

"你这种说法太残忍了。先不说你和你哥哥，要是连你的母亲都在祈祷着自己相伴多年的丈夫死去的话……虽然我不知道你父亲到底是一个多么差劲的人，但骨肉亲情不应该是这样子的。即便是你，自己的父亲去世了，现在也很伤心呀。"

"说到这个，我是个例外，我一点也不伤心。无论是我妈还是我哥和我妹，我们家没有一个人觉得伤心。虽然很惭愧，但这是事实。跟伤心相比我更觉得害怕，害怕必须要从自己的亲人里找出一个杀夫或是杀父的罪大恶极的人。其他的事情哪里还顾得上呢！"

"从这一点来看，你确实值得同情，但是……"

"凶器虽然找到了，但凶手是谁还是不清楚。现在依旧是一头雾水。我把斧头埋回原处，顺着屋顶回到房间。那一整晚我都没合眼，眼前迷迷糊糊地出现了很多画面——母亲脸上一副般若面具似的恐怖表情，双手高举斧头的样子；哥哥脸上遍布着像是石狩川①似的青筋，一边胡乱叫喊着，一边挥动着凶器的画面；还有妹妹背后不知道藏着什么，偷偷摸摸从后面向父亲逼近的情形。"

"这么说你昨天一晚上都没睡。怪不得你这么兴奋呢。你平时就有些神经过敏，这么兴奋对你身体不好，稍

---

① 石狩川：日本北海道地区的第一大河，流程短，流域面积小，但支流众多。

微放轻松一点。听你说的这些，真是太真实了，让人不舒服。"

"也许我应该当作什么事情都没有发生。就像妹妹把凶器埋在土里一样，我也应该把这件事情埋在心底。可是，我怎么都做不到。虽然这件事我绝对不会说出去，但是至少让我知道真相。只要知道真相我就能安心了。家里人每天都在互相试探猜疑，这样的日子我真的受不了了。"

"我现在说这话可能没有意义，但是你把这样一件事情告诉我这个外人真的好吗？虽说一开始是我先问你的，但是这段时间听你说这些，我感觉非常恐怖。"

"你的话，没事的。我知道你不会告诉别人。而且，不找个人说一说，我肯定会崩溃的。我说的这些可能会让你不舒服，但是求你了，听我说说吧。"

"这样啊，你不介意就好。话说回来，你今后打算怎么办？"

"不知道，我什么都不知道。妹妹有可能就是凶手，也有可能是为了保护母亲或者哥哥才把凶器藏起来的。然后，我不明白的是妹妹好像在怀疑我。她怎么会怀疑我呢？想起她看我的眼神，我不由得浑身起鸡皮疙瘩。就因为年纪小，妹妹非常敏感，说不定她察觉到了什么。"

"……"

"总觉得是这样。可是我又不清楚妹妹到底察觉到了什么。在我内心深处,有个人一直在嘟嘟囔囔嘟嘟囔囔地说个不停,每次听到那个声音,我就特别不安。我自己不知道,但是妹妹可能知道些什么。"

"你越来越奇怪了,我搞不懂你说的话。按你刚才所说,你父亲被杀的时候你是醒着的,并且在你自己的房间里,你没有理由被怀疑呀。"

"按理说是这样。但是不知道为什么,我越是怀疑我哥和我妹,我自己就越觉得心慌,好像父亲的死并不是跟我完全无关。反正不时地会有那样的感觉。"

五、大约过了一个月

"最近过得怎么样?我去你家找你好几次,都没见到你,怪让人担心的。我想着你是不是精神上有问题了,哈哈哈。不过,你瘦了不少。你家人也不告诉我详细的情况,你到底哪里不舒服?"

"呵呵,我简直像一个幽灵,是吧?今天照镜子的时候,又把自己吓了一跳。精神上的痛苦竟能如此折磨人,我快要死了。像这样子走到你家就已经耗尽了我所有的力气，我现在浑身无力，脚下像踩着棉花。"

"得的什么病？"

"我也不太清楚。医生也是随口胡说，说是神经衰弱造成的。看我咳嗽得有些奇怪，就说有可能是肺病。不对，不是有可能，应该是确实得了这个病。"

"又开始了。你过于敏感了。肯定又因为你父亲的事而想太多。那件事情，该把它忘掉了。"

"父亲的那件事情已经过去了，完全解决了。我来就是告诉你这件事的……"

"这样啊，真是太好了。我都没注意看报纸，也就是说知道凶手是谁了？"

"是的。但是关于那个凶手，我说了你不要惊讶，凶手就是我。"

"啊，是你杀了你父亲？！你不要再说这种话了。不如我们去那边散散步怎么样？然后，再聊些开心的事吧。"

"不不不，你先坐下。我大概给你讲讲经过，我可是特意为了这件事来的。你总觉得我精神状态有问题，不过，这一点你不用担心。我好得很，一点问题都没有。"

"可是，你净在那儿说些荒唐话，说是自己杀了父亲什么的。综合各种情况来考虑，那根本不可能！"

"不可能？你是这么想的吗？"

"当然了。你父亲死的那个时候，你不是正躺在自己房间的被窝里，根本就是醒着的吗？一个人同时出现在两个地方，怎么想都不可能吧。"

"是不可能。"

"这不就行了。你绝不是凶手。"

"但是，就算是躺在自己的被窝里，也有可能杀死房间外面的人。有件事谁都没有注意到，在那之前，我也完全没有想过。直到两三天前的一个晚上，我才突然想到了一件事。那是凌晨一点钟左右吧，跟我父亲被杀的时间一样，我家二楼窗外有两只猫叫来叫去的，很烦。那两只猫一直在那儿吵闹了很长时间，简直要掀翻天了。因为实在太吵了，我就想打开窗户把它们赶走，然后就下了床。就在那时，我突然想到了一件事情。人的心理真是奇怪，总会轻而易举地忘记一些非常重要的事，然后又会在某个偶然的机会里，突然想起来。就像是墓地中突然出现了一个鬼似的，以一种极其恐怖的样子出现在你的脑海里。仔细想想，人每天生活，不就像是在走钢丝吗，稍一失足，就会受重伤危及生命。就算这样，这些人竟然还能如此漫不经心地活着。"

"然后呢，到底怎么样了？"

"你听我接着说。那时,我突然想起来,在父亲被杀的那晚,我为什么是醒着的了。在这起案件中,这是最重要的一点。在平时,我是那种一觉睡到天亮的人,一定有什么原因让我在半夜一点左右醒过来。之前我压根儿没往那个方向想,但是听到猫叫,我一下子全都想起来了。父亲死的那个晚上也是有猫在叫,把我吵醒了。"

"跟猫有什么关系吗?"

"有的。不过,你知道弗洛伊德的精神分析学吗?简单地说就是,我们心中会不断地产生欲望,大部分的欲望在没有满足的情况下就被埋葬了。有的是不可能实现的幻想,有的是有实现的可能性却违背社会道德的欲望。这些数不清的欲望都被我们囚禁在无意识层的深处。也就是说,我们忘记了。但是,忘记并不是欲望消失了,只是被我们压抑在了内心深处,无法表现出来而已。因此,在我们内心深处阴暗的地方,无法浮现的欲望亡灵不停地飘荡着,一直在等待机会出来,哪怕只有一点儿缝隙也想要使劲钻出来。尤其是趁我们睡觉的时候,进行各种各样的伪装,在梦里专横跋扈。这些东西发展不好的话,会让我们歇斯底里,甚至精神错乱。但如果能好好发展,得到升华的话,也有可能会变成伟大的艺术或是伟大的事业。只要你读过精神分析学的书,即使只读过一本,你就会为被囚禁的欲望所拥有的恐怖力量感到惊讶不已。我之前对这类事情感兴趣，读过一点相关的书。

"其中有一派，他们的学说中有本书，叫作《关于遗忘的学说》。书里说，我们会突然忘记自己熟悉的东西，而且无论如何都想不起来，这种情况俗称"遗忘"，那绝不是偶然的。既然忘记了，就一定有理由。就因为一件事一旦被想起来就会发生什么不好的事情，因此在不知不觉之间那个记忆就被我们囚禁在自己无意识层的深处。有许多例子可以证明，比如说，曾经有个人忘记了瑞士精神病学家赫拉古斯的名字，无论如何都想不起来。但是，几个小时后又意外地想起来了。平日里非常熟悉的名字为什么会突然忘记呢？他觉得不可思议，然后顺着联想的顺序发现：赫拉古斯—赫拉巴特—巴特（浴场）[1]—沐浴—矿泉，就这样谜底揭晓了。原来这个人以前在瑞士得了必须要泡矿泉浴才能治好的病。这段不愉快的联想妨碍了他的记忆。

"另外，精神分析学家琼斯[2]也曾说过这么一项实验。有一个人很喜欢抽烟（用烟斗抽烟），他想着不能再抽下

---

[1] 巴特：德国巴特洪堡市于19世纪成为举世闻名的温泉疗养胜地，一提到巴特，便会想到温泉浴场。

[2] 厄尼斯特·琼斯（Ernest Jones，1879—1958）：英国精神分析学家。

去了,这时,一下子想不起来烟斗放哪儿了,不管怎么找都找不到。就在他已经忘记这件事的时候,烟斗突然出现在一个意想不到的地方。就是他在无意识之间把烟斗藏起来了……说了这么多感觉我像在讲课似的。不过这种有关遗忘的心理学正是解决这次事件的关键。老实说,我自己也是突然才想起来,杀害父亲的凶手就是我……"

"我实在是搞不懂这些有学问的家伙在胡思乱想什么。对于世界上这些荒唐的事情,竟能用这么晦涩难懂的学说理论进行说明!你竟然会突然忘记自己杀了人?!怎么可能会有这么荒唐的事情,哈哈哈,振作起来!你的确是有点儿不太对劲儿。"

"先听我把话说完,之后你说什么都行。我今天不是来给你讲笑话的。回到刚才的话题,听到猫叫声我就想起来,父亲死的那个晚上,猫也是闹得很厉害,我好像听到它们飞蹿到离房顶很近的那棵松树上去了。应该是跳过去了。说起来,我好像还听到了扑哧一声,就是这么一件事……"

"越来越搞不明白了。猫跳到松树上,跟你父亲的死有什么关系?我都开始担心你的精神状况了……"

"你知道我家院子里的那棵松树吧?那么高的树简直成了我家一个标志性的东西。在树根处,就是我父亲经常坐的那个石墩。说到这儿，你大概也能明白了吧……也就是说，猫一跳上那棵松树，就碰到了放在树枝上的一个东西，然后就是那个东西掉下来砸到了父亲的头。"

"你是想说，当时在那里放着的是斧头？"

"是啊，的确是有一把斧头放在那里。这件事情非常偶然，但确实存在。"

"所以说，这只是一次意外的事故。你也没有什么错呀。"

"但是，把斧头放在那里的是我。直到两三天前，我才想起了这件事。这就是所谓的遗忘心理。想想看，我把斧头放在那儿——或者说是忘在树杈上可能会更合适一些——已经是半年前的事了。一直以来，我一次都没有想起来过。这半年来也没有要用到斧头的时候，自然没有机会想起来。可是，即便如此，也应该有一些契机可以让我想起来，或者是留下一些能让我想起这件事情来的深刻的印象。然而我完全忘记了，这一定是有原因的。

"今年春天，我为了砍掉松树上的枯枝，拿着斧头和锯子爬到了树上。因为我需要跨坐在树枝上，这很危险，所以我不用斧头的时候就把它放在树杈上。那个树杈正好在石墩正上方，比二楼的屋顶还要略高些。我在清理枯枝的时候就在想，要是斧头掉下去的话会发生什么呢？肯定会砸到石墩上。要是石墩上还坐着个人,那人估计当场就没命了。然后,我就想起初中物理课上曾学过的自由落体运动的公式。这个距离再算上加速度,其力量毫无疑问会把人的头盖骨打碎。

"而坐在那个石墩上休息正是父亲的老习惯。我竟然不知不觉地思考起杀害自己父亲的事情来。虽然只是在心里想想而已,但我还是不由自主被吓得脸色苍白。我真是恶毒至极,竟想着杀害自己的父亲,简直是禽兽!我立刻就想把这种大逆不道的想法从脑海中赶出去。这种离经叛道的欲望已经被囚禁在了无意识层的深处,而那把斧头承载了我的恶念,一直在树杈上等待时机到来。按照弗洛伊德的学说,忘记把斧头拿下来,不用说,是我的无意识层命令我这么做的。虽说是无意识的行为,但并不意味着这是一个普通的偶然性错误,而是我自己的意志发出的指令——如果把斧头遗忘在那里,也许在某个时刻会掉下来吧,如果那时父亲正好坐在树下的石墩上,就能杀了他吧?我无意识的行为中暗含了这个复杂的计划,并且,这个诡计连我自己都没有发觉。我既准备着杀死父亲的装置,又故意把它忘记,装出一副好人的样子。详细点说就是,我自身存在于无意识层里的坏人欺骗了意识层中的那个好人。"

"太难了,我听不懂你在说什么,怎么感觉你故意要成为坏人似的。"

"不是那么一回事。如果你知道弗洛伊德学说的话,就不会这么说了。第一,在这半年里,我为什么会完全不记得斧头的事?我甚至还亲眼见到了那把沾着血的斧头。一个正常人竟然会出现这种情况,真是说不过去。第二,我为什么要把斧头遗留在那种地方?我明明知道那个地方很危险。第三,我为什么非要选择那个危险的地方放斧头?从这三点来看,能说我没有恶意吗?只一句忘记了,就能抵消我所有的恶意吗?"

"然后呢,你打算怎么办?"

"当然是去自首。"

"这样也好。但是,任何一个法官都不会判你有罪,这方面我不太担心。不过,你之前说的那些证物是怎么回事?手帕还有你母亲的梳子什么的。"

"手帕是我自己的。当时砍松树枝的时候,我把它缠在斧头把上,忘记拿下来了。然后那天晚上它就跟着斧头一起掉了下来。梳子我也不太清楚,估计是母亲当时发现父亲的尸体时遗落的。哥哥肯定是为了袒护母亲就把它藏起来了。"

"那你妹妹把斧头藏起来是为了……"

"妹妹是第一发现人,所以有充足的时间去藏斧头。我妹妹很机灵,她一眼就看出来是自家的斧头,所以就想着凶手一定是家里的某个人,当即决定无论如何先要把证物藏起来。后来因为警察开始对家里进行搜查,妹妹肯定想着藏在一般的地方不放心,就把它转移了一下,藏到了祠堂后面。"

"就是说你一开始怀疑家里的每一个人,结果发现凶手其实是自己,对吧?这不就是那个抓住小偷一看结果是什么什么的事情吗?[①]不知怎么,感觉像是一出喜剧似的。到这个时候,我对你也同情不起来了,反正我还是无法接受你是凶手这件事。"

"多么愚蠢的误会!真是太可怕了!的确像是一场喜剧。但正是那些看上去像喜剧一样愚蠢的部分,才证明了这次的事情并不是简单的遗忘。"

"听你这么一说,好像真是那么回事。可你说的这些并没有让我觉得悲伤,反而让我有点庆幸积压多日的疑云终于被驱散了。"

"我也一下轻松了很多。大家互相怀疑其实是在互相包庇,所以我的家人都不是那种会杀害自己父亲的大恶

---

① 出自日本的谚语"盗人捕えて見れば我が子なり",意为抓住小偷一看,结果是自己的孩子。形容手足无措,难以处理。

人，大家都是天下第一大好人。唯一的一个恶人就是怀疑家人的我。仅仅从我疑心重这点来看，就足以说明我是一个十足的恶人了。"